灿烂文学

中国文化百科

经典

著名古典小说

周丽霞 编著 胡元斌 丛书主编

汕頭大學出版社

图书在版编目（CIP）数据

经典：著名古典小说 / 周丽霞编著. -- 汕头 ： 汕头大学出版社，2015.2（2020.1 重印）

（中国文化百科 / 胡元斌主编）

ISBN 978-7-5658-1597-3

Ⅰ．①经… Ⅱ．①周… Ⅲ．①古典小说－介绍－中国

Ⅳ．①I207.41

中国版本图书馆CIP数据核字(2015)第022405号

经典：著名古典小说　　JINGDIAN：ZHUMING GUDIAN XIAOSHUO

编　　著：周丽霞

丛书主编：胡元斌

责任编辑：宋倩倩

封面设计：大华文苑

责任技编：黄东生

出版发行：汕头大学出版社

　　　　　广东省汕头市大学路243号汕头大学校园内　邮政编码：515063

电　　话：0754-82904613

印　　刷：三河市燕春印务有限公司

开　　本：700mm×1000mm　1/16

印　　张：7

字　　数：50千字

版　　次：2015年2月第1版

印　　次：2020年1月第2次印刷

定　　价：29.80元

ISBN 978-7-5658-1597-3

前　言

　　中华文化也叫华夏文化、华夏文明，是中国各民族文化的总称，是中华文明在发展过程中汇集而成的一种反映民族特质和风貌的民族文化，是中华民族历史上各种物态文化、精神文化、行为文化等方面的总体表现。

　　中华文化是居住在中国地域内的中华民族及其祖先所创造的、为中华民族世世代代所继承发展的、具有鲜明民族特色而内涵博大精深的传统优良文化，历史十分悠久，流传非常广泛，在世界上拥有巨大的影响。

　　中华文化源远流长，最直接的源头是黄河文化与长江文化，这两大文化浪涛经过千百年冲刷洗礼和不断交流、融合以及沉淀，最终形成了求同存异、兼收并蓄的中华文化。千百年来，中华文化薪火相传，一脉相承，是世界上唯一五千年绵延不绝从没中断的古老文化，并始终充满了生机与活力，这充分展现了中华文化顽强的生命力。

　　中华文化的顽强生命力，已经深深熔铸到我们的创造力和凝聚力中，是我们民族的基因。中华民族的精神，也已深深植根于绵延数千年的优秀文化传统之中，是我们的精神家园。总之，中国文化博大精深，是中华各族人民五千年来创造、传承下来的物质文明和精神文明的总和，其内容包罗万象，浩若星汉，具有很强文化纵深，蕴含丰富宝藏。

　　中华文化主要包括文明悠久的历史形态、持续发展的古代经济、特色鲜明的书法绘画、美轮美奂的古典工艺、异彩纷呈的文学艺术、欢乐祥和的歌舞娱乐、独具特色的语言文字、匠心独运的国宝器物、辉煌灿烂的科技发明、得天独厚的壮丽河山，等等，充分显示了中华民族厚重的文化底蕴和强大的民族凝聚力，风华独具，自成一体，规模宏大，底蕴悠远，具有永恒的生命力和传世价值。

在新的世纪，我们要实现中华民族的复兴，首先就要继承和发展五千年来优秀的、光明的、先进的、科学的、文明的和令人自豪的文化遗产，融合古今中外一切文化精华，构建具有中国特色的现代民族文化，向世界和未来展示中华民族的文化力量、文化价值、文化形态与文化风采，实现我们伟大的"中国梦"。

习近平总书记说："中华文化源远流长，积淀着中华民族最深层的精神追求，代表着中华民族独特的精神标识，为中华民族生生不息、发展壮大提供了丰厚滋养。中华传统美德是中华文化精髓，蕴含着丰富的思想道德资源。不忘本来才能开辟未来，善于继承才能更好创新。对历史文化特别是先人传承下来的价值理念和道德规范，要坚持古为今用、推陈出新，有鉴别地加以对待，有扬弃地予以继承，努力用中华民族创造的一切精神财富来以文化人、以文育人。"

为此，在有关部门和专家指导下，我们收集整理了大量古今资料和最新研究成果，特别编撰了本套《中国文化百科》。本套书包括了中国文化的各个方面，充分显示了中华民族厚重文化底蕴和强大民族凝聚力，具有极强的系统性、广博性和规模性。

本套作品根据中华文化形态的结构模式，共分为10套，每套冠以具有丰富内涵的套书名。再以归类细分的形式或约定俗成的说法，每套分为10册，每册冠以别具深意的主标题书名和明确直观的副标题书名。每套自成体系，每册相互补充，横向开拓，纵向深入，全景式反映了整个中华文化的博大规模，凝聚性体现了整个中华文化的厚重精深，可以说是全面展现中华文化的大博览。因此，非常适合广大读者阅读和珍藏，也非常适合各级图书馆装备和陈列。

目 录

封神演义

聊斋志异

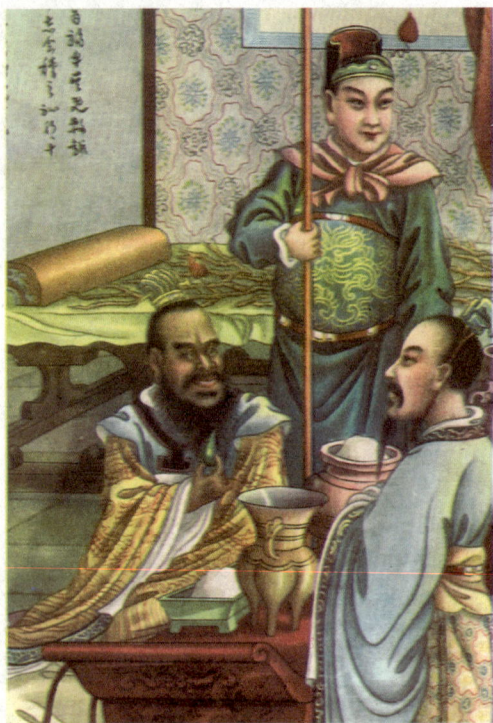

封神演义

　　《封神演义》是明代长篇小说，共100回，作者许仲琳。全书以宋元时期讲史话本《武王伐纣平话》为基础，博采民间传说演绎而成长篇神魔小说。

　　《封神演义》表现了称扬王道、仁政，反对暴君、暴政的思想倾向，说明了人心向背的重要性。同时，《封神演义》通过神魔斗法的描写，宣扬了宿命论和儒释道三教合一的思想。

　　《封神演义》以内容篇幅巨大、幻想奇特而闻名于世。它发挥神话传说善于想象夸张的特长，给读者以较深印象，被誉为仅次于《西游记》的神魔小说巨著。

推崇道教的神魔小说

　　姜尚辅佐武王伐纣的故事，很早就成为民间说书的材料，在存留下来的元代所刻《新刊全相平话武王伐纣书》中，就包含了不少神怪故事。

　　之后在明代，文学家许仲琳以宋元讲史话本《武王伐纣平话》为

基础，博采民间传说，并加上自己的虚构，演绎成了《封神演义》这部长篇神魔小说。

流传中《封神演义》被誉为仅次于《西游记》的神魔小说巨著。小说充分发挥了神话传说的想象特征，讲述的是商代末年，纣王暴政，宠信妲己，残害忠良，武王行兴仁义之师讨伐无道昏君纣王。

在这样背景下充分展现了上古诸神呼风唤雨，动摇乾坤的通天法术，塑造了大批的艺术形象。借助众多的神仙形象来宣扬道教，推崇道教。

其中涉及很多历史上传闻的道教人物，如元始天尊、老子李聃、广成子、赤精子。甚至连一些原本是佛教中的人物，如托塔天王、哪吒、燃灯古佛、普贤菩萨、文殊菩萨、观音菩萨都变成了道教人物。

元始天尊所在的阐教是作者赞扬肯定的教派，故不难看出，作者是崇敬道教的。还有第五回云中子说："但观三教，唯道至尊……但谈三教，惟道独尊"。在第八十二回黄龙真人则说："自元始以来，惟道独尊。"

对道教的推崇还表现在对《黄庭经》的崇尚。《黄庭经》曾是道

教中早期上清派的两大经典必读书之一，而作者多次强调阐、截教教徒都诵读它。

在第二十三回姜尚"日诵《黄庭》，悟道修真"；第二十四回子牙诵读"《黄庭》两卷消长昼"。第三十七回子牙感叹："蒲团静坐，朗诵《黄庭》，方是吾心之愿"。第四十九回陆压作歌："白云深处诵《黄庭》，洞口清风足下生"。第六十四回李靖也歌："洞中戏耍，闲写《黄庭》字"。第七十二回广成子作歌："三卷《黄庭经》，四季花开处"。

其次，是截教尊奉《黄庭经》。第三十八回和四十七回都提到通天教主要教徒们"紧闭洞门，静诵《黄庭》三两卷"。第四十三回闻仲也说："脱却烦恼，静坐蒲团，参妙悟玄，闲看《黄庭》一卷。"在第八十二回中，阐教截教教徒在万仙阵完成1500年大劫数后，只是为了"缘满皈依从正道，静心定性诵《黄庭》"。

　　并且，在第四十一回闻仲等人卸任后的最大心愿就是静心诵读《黄庭经》。可见《黄庭经》是小说中阐、截两教共同尊奉的最高经典。既然尊崇《黄庭经》，自然可以说《封神演义》是崇敬道教的。

　　小说崇"道"表现在人物命运的安排上。在小说第一百回的结尾部分，特意写到了李靖等人拒绝武王的再三挽留。武王因为李靖、哪吒、韦护、杨戬、雷震子等人立下赫赫战功，是开国元勋，劳苦功高，欲留他们在俗世享受富贵。但李靖等人执意要回山中修道，说："臣等恬淡性成，志在泉石。"

　　最终，他们得以实现自己的愿望卸甲归隐，肉身成圣。这种命运的安排实际上是作者再一次强调道家淡泊名利、寄情山水的生活态度和人生追求。就宣扬道家思想观念而言，这一命运安排是非常完满的，是非常成功的一笔，因为从语义结构上看，这使全书对道教的推

武王伐纣图

崇显得有始有终，一以贯之。

《封神演义》还以诗赞的形式赞扬了李靖等人的道家选择，在第一百回有这样一段话：

两耳怕闻金紫贵，一身离却是非朝。
逍遥不问人间事，任尔沧桑化海潮。

这升华了小说道家思想的精神境界。

另外《封神演义》打乱了传统神位系统，按自己设想作了另外的安排，而道教中只看做是神话小说，在醮坛科仪中并未加以参考。但这小说出现以后，在宗教观及神职神位各方面，都有了很大的影响。

三教合一的思想形象化。小说的背景是在商末周初时代，这一时期在道教经典记载中代表道的尊神传说已经存在，但在世间则三教教主都没有降生。所以作者用了避实就虚的写法，在道教鸿钧老祖下，神化老子列于第一位，虽领袖群仙，但不管实际事情，而仙在神上，以元始天尊为尊。

对佛教则只称西方，以准提道人为尊而不提释迦。因为释迦此时尚未降世，"人间的老子"也是在东周才诞生，并未成立道、佛、儒三教，所以第十五回谈到三教会定封神榜的三教是阐教、截教、人道。"人道"是哪一教，此回以后并未再提。

所以，书中避实取虚，在此以后凡后来历史上有姓名记载的均不列入，只采神仙传中的古代仙称神号，以免有时代不符之嫌。

又将佛教几位菩萨列于元始天尊十二弟子之内，这就是说佛受仙传，由无生有，三教本源，皆是仙派，这小说实际是在明代三教合一思想上，又用塑造形象创造故事将其更加具体化，在道教思想上消灭了对立的因素。

而道观中供奉慈航道人，即观世音菩萨，就是《封神演义》出刊以后开始的。《封神演义》泯灭了两教界限，起了混合两教的进一步促进作用。

道教神位的增添和补充。"封神"系统，道教中并未采用。庙宇尊神，仍按宋代系统未变。但因这小说的影响，增添了不少的神，例如玄坛殿。

玄坛殿是供赵公明的庙宇，因《封神演义》中封赵公明为"金龙如意正一龙虎玄坛真君"，主管迎祥纳福，并有招宝天尊、纳珍天尊、招财使者、利市仙官四十部下大神，所以自此尊赵公明为财神。

清源妙道真君二郎神传说的变化。二郎神话本是由李冰父子治水衍变而来，后来在宋元时期杂剧中已渐神化，《朱子语录》中说他是李冰第二个儿子，自《封神演义》、

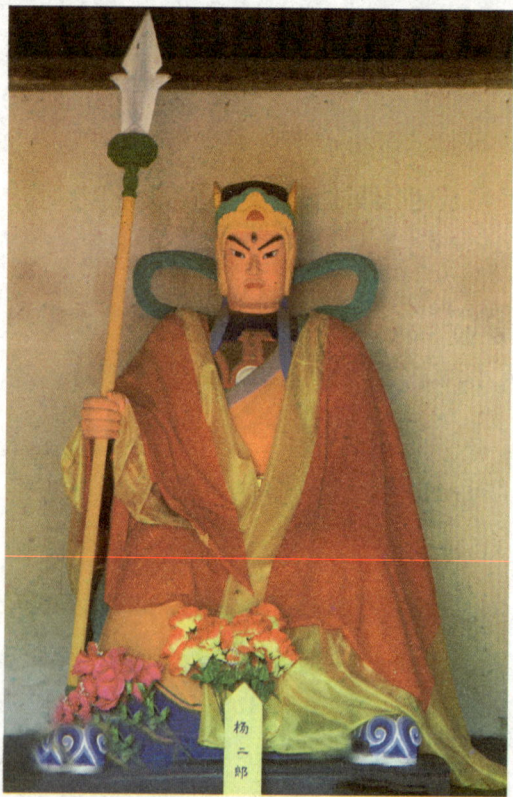

《西游记》两书流行，遂尊杨戬为"二郎尊神"，在《封神演义》中梅山七怪为杨戬所歼灭；二郎神由李冰第二小儿子一次衍变为隋代嘉州太守赵昱，再衍变为杨戬，确是受《封神演义》影响。

东岳大帝及其子炳灵公，为泰山之神，神位来源很早。即炳灵公封号，也在宋代。但本书行世后，一般信奉的人，却认为东岳大帝是黄飞虎，炳灵公是黄天化。

甲子太岁神像，虽姓名为金辨，但形象却为目眶中生两只手，手心中有两目，很明显是受小说中杨任形象的影响。而且杨任在书中是封为甲子太岁的。

对民间信仰的影响。小说中的形象，如开路神方弼、方相，古书虽有记载但颇简略。自书出刊后，在大殡葬行列中，前面均有此两开路神纸扎的巨像。

支配自然之理想。作者思想基础，受《阴符经》影响较大，他相信"宇宙在乎手、万化生乎身"的道理，要从有为到无为，所以放开想象，塑造仙神异术。

如雷震子背生双翼，飞翔天空，土行孙土中穿行，地下无阻；杨戬八九玄功，随心变化；哪吒脚踏飞轮，驾风御火；又如魔道中高明高觉，眼看远方，耳听千里；闻太师额生一目，时发神光。这些都是作者认为"万化生乎身"，人类可以支配自然征服自然的体现。

总之，《封神演义》在宗教上它的影响也比较大。因此，这一部小说在道教史上是值得一提的。

拓展阅读

《封神演义》一共出现了四教，即阐教、截教、人道及西方之教，而在《封神演义》中多次提到三教是一家之说，老子、原始和通天三人都师从鸿钧道人，而鸿钧道人为玄门领袖。所以，这三个教主则对应道家三清。但是在道教至尊的三清之中，玉清元始天尊为原始，太清道德天尊就是老子，而上清灵宝天尊却不是通天教主。那么通天教主的原型为何人呢？

在《封神演义》中，通天教主作为一派教尊，其教育观点也是"有教无类"。我国历史上，提出"有教无类"也有一人，那就是儒家的创始人孔子。孔子打破了教育垄断，开创了私学先驱，提出"有教无类"的观点，即认为世界上一切人，无论等级高低，都享有受教育的的权利。而通天教主同样是圣人，因此，通天教主即为孔子了。

性格复杂的人物形象

众所周知，早期道教经典中所描绘的神仙都是虚无缥缈、完全超越了人的欲望的"完人"，他们或得道飞升，或逍遥避世。显然，那时神仙形象是道教宗教体系的部分，仅是些拥有单一性格因素和毫无情感可言的神学象征。

但在《封神演义》中，我们见到的人物形象却具有了丰富而复杂的性格特征，其中许多神仙更是积累了丰满的人的形象。这正是《封神演义》中神仙观念的变化，即神仙形象中宗教色彩进一步减弱，而"人性"色彩逐渐加强，也进一步证明了"神魔皆有人情，精魅亦通世故"。

《封神演义》中人的性格表现出了非常明显的复杂性特征。如小说中有的人物虽性格单一，但却结果迥异。或者是具有不同、甚至相互矛盾的性格因素。再或者随其故事情节发展，神仙形象也呈现出较大明显的变化等。诸如此类的人物形象，在《封神演义》中比比皆是。

闻太师的命运。在人物性格单一的条件下，仍能展示其形象的复杂性，这是《封神演义》的一大妙笔。此类人物中，殷商太师闻仲的复杂化特征表现得尤为明显。

小说中，闻仲忠诚殷商、文武双全、敢于直谏无道纣王，这点在小说第二十七回"太师回兵陈十策"中得到诠释。当闻太师班师回，回朝后得知纣王种种无道恶行，书中有了这样的描述：

心中甚是不平，乃大言曰："今四海荒荒，诸侯齐叛，皆陛下有负于诸侯，故有离叛之患……君以礼待臣，臣以忠事君。"

而后他3天日内陈述十策。第一件：拆鹿台，安民不乱。第二件：废炮烙，使谏官尽忠。第三件：填虿盆，宫患自安……

这十策具是金玉良言，字字点破纣王无道的缘由，全面地展现出一位"文足以安邦，武足以定国"的正气凛然的英雄形象。但也正是由于他的愚忠，又使其成为纣王暴政的支柱、逆天行事的鹰犬。

闻仲在明知"君之视臣如手足，则臣视君如腹心；君之视臣如犬马，则臣视君如国人；君之视臣如土芥，则臣视君如寇仇"的道理的情况下，依然选择助纣为虐。为稳固纣王统治，其一意孤行下愤然发兵西岐。闻仲虽知天理，不顺民意。

在小说第四十二回"黄花山收邓辛张陶"中，闻仲给姜尚的战术中写道：

> 盖闻王臣作叛，大逆于天。今天王在上，赫赫威灵……今奉召下征，你等若惜一城之生灵，速至辕门授首，候归期以正国典。

这正体现闻仲愚人愚己的愚忠本质，直至最后命丧绝龙岭。

一个"忠"字，却导致了两种截然不同的结果。这种写人手法的运用，跨越式地推动了我国古代神魔小说的发展，使神仙形象突破了宗教的束缚，展现出一个小说人物应有的复杂形象，成为了一个有血有肉的"人"。

土行孙的多面。《封神演义》中有些人物写得活灵活现。如土行孙其人，小说着墨颇多，尽写其机智幽默，英勇善战，而又暴躁好色，贪图富贵。

小说第五十二回，土行孙出场，轻信申公豹言语，盗了师傅的捆仙绳，五壶丹药，径直往三山关来。后在邓九公麾下，甘当五军督粮使。此时的土行孙给人一种憨厚愚笨之感，完全看不出有任何成大

气候的可能。

在第五十四回"土行孙立功显耀"中，邓九公屡屡战败，土行孙治好邓九公及其女邓婵玉的伤，主动请缨说："当时主将肯用吾征时，如今平服西岐多时了。"

这又显现出土行孙勇敢的一面。后来智斗哪吒，大叫曰："哪吒！你长我矮，你不好发手，我不好用功，你下轮来见个输赢！"

于是趁哪吒下轮，利用身体矮小之便，打了哪吒三棍后，用捆仙绳擒了哪吒回营。此后依照此法，擒了黄天化，更是险些也擒了姜尚。

此番三轮争斗，尽显土行孙英勇善战一面。但如果人物形象刻画到此停笔，充其量也只与一般过客神仙一样，给读者不会留下太多印象。但作者匠心独运，又巧妙地写出了土行孙狂暴嚣张的性格特点，文写道：

> 其见大功多成，渐渐嚣狂起来，再加邓九公许诺："你若早破西岐，我将弱女赘公为婿。

于是土行孙仗自身本事，趁夜进城，试图杀了武王，诛了姜尚。多亏姜尚早有预见，才得以避难。然而此事还不算完，土行孙行刺期间，看见妃子脸似桃花，异香扑鼻，不觉动了欲心，欲与其极人间之乐，终导致被杨戬智擒，后虽逃走，但其暴躁好色，贪图富贵的一面，也已经表现得淋漓尽致了。

以上种种性格聚集在神仙身上，这不仅丰富了《封神演义》的内涵，而且完全颠覆了宗教神学中的神仙特征。虽然如此丰硕的神仙形象在我国古典文学中实为少见，但此时已显现出其复杂的神仙形象构成，拉近了宗教神学体系和广大民众生活的距离。

姜尚的秉性。姜尚作为小说贯穿始终的线索人物历来就是学者研究的主要对象，历史上也确有其人，在《古史考》中曾记录："吕望常屠牛于朝歌，卖饭于孟津。"而小说第二十四回之前，姜尚于朝歌屡屡受挫，后虽隐于磻溪，但也并非其志向，一句"不为锦鳞设，只钓王与侯"尽抒其胸臆，不然也不会在垂钓处留下深深的印痕。

此时的姜尚，虽志向远大，却完全一副软弱无能的样子，即便有"火烧琵琶精"的

小勇，但更有一事无成的大耻，完全看不出一点"代劳封神"的架势。

而后姜尚仕周，终可一展抱负，其先后兵伐崇侯虎，受文王托孤，完全颠覆了之前的形象。此处姜尚的英明神武，贤臣良相的姿态让读者耳目一新。

但后来又有反复，当张桂芳、九龙岛四圣、魔加四将、闻太师亲征等接踵而来时，姜尚唯一的解决办法就是上昆仑搬请救兵。更甚的是破十绝阵时，竟把帅印交给了燃灯道人。

唯一述其智谋的一处，仅是推算出土行孙夜袭，其他的都是依靠别人去建功立业的，半点看不出首相的才能。但主角非假，后姜尚"金台拜将"，大义凛然的向武王陈列出师表、挂"斩法纪律牌"，又微露了一点英气。更甚的是出征前，敢于冒大不韪，更显出其果敢英勇之姿。

虽然征讨殷商过程中，姜尚依然受人帮扶，但封神者姿态已经初露，诸神终靠姜尚才能位列神位，此时的姜尚才彻底回归到核心地位。

纵观全书，姜尚性格几经反复，也正是人之常情。虽未刻意为之，但一个暮年老朽的形象已然立于眼前。全书也多是在这种"无心栽柳柳成荫"的情况下，写出了一番人间情趣。

《封神演义》众多人物形象虽参差不齐，但其中性格最鲜明，给人印象最深刻的，非哪吒莫属。如哪吒闹海，作品描写了两个有着对立性格特征的人物形象：一是哪吒，他是一个勇于斗争、敢作敢为的少年英雄；一是哪吒的父亲李靖，他是一个平庸懦弱的官僚。

李靖自幼访道修真，学了一些本领，但因仙道难成，所以下山辅佐纣王，官居总兵之职。他追求的是人间的富贵，想的只是怎样保住自己的官职。

而哪吒对其父亲的反抗，也将他塑造成为了一个敢于冲破传统伦理道德的英雄形象。在《封神演义》中，哪吒这一人物是塑造的较为成功的形象，他的价值突出表现在他的叛逆性格里。

《封神演义》中的哪吒没有受过什么教育，他的思想也没有经过文化的浸润，他的灵魂中完全是一片文化意识上的纯洁净土，他的是非善恶的判断完全发自生命的本能。因此，他的叛逆也是最彻底的真正意义上的叛逆，就连自己的父亲也不能改变自己的意志。

正因为哪吒的无知，也造就了哪吒的无畏。哪吒做事没有那么多

世俗功利的考虑，他只是对自己不能认同和接受的对象进行反抗。所以，他面对邪恶毫不畏惧，面对父威绝不妥协。

但是在那时的封建社会中，儒家的君臣父子伦理观念已是深入人心的，特别是父权，更是把创造生命的义务看成了特权。作品中的李靖完全把哪吒看做了私人物品，当哪吒打死巡海夜叉，杀死龙王三太子，龙王敖光前来问罪时，哪吒毫不惧怕，虽然承认是自己不好，连累了父母，但却强调"一人做事一人当"。

后来哪吒在南天门拦路殴打敖光，李靖仰天长叹，不知如何是好时，哪吒也只是跪到父母面前，请父母"只管放心"。再后来四海龙王大闹陈塘关，李靖胆小怕事，要绑缚哪吒交龙王处置，哪吒愤而自杀，将父母生养的骨肉还给父母。

《封神演义》写到此处，哪吒还没有和父亲发生直接冲突。但是，当李靖在翠屏山打碎哪吒的塑像，焚烧了哪吒的行宫之后，父子之间的冲突变得尖锐而直接了。

哪吒几乎把李靖看做不共戴天的仇敌，他一次又一次地追杀李靖，直至灵鹫山元觉洞的燃灯道人救下李靖，并送他玲珑宝塔作为镇物，哪吒才"心中暗暗叫苦"，不得不放弃对李靖的追杀。

哪吒的所作所为完全违反了儒家君臣父子伦理观念，简直可以说是大逆不道。而后哪吒通过了他的师父复活，他获得了新生，拥有了独立的人格，这里又体现出了道家的思想，即重视个体生命价值，如何使个体精神愉快。

同时也在述说着一种观点，儒家约束了个人作为人的独立人格，而道家则帮助人，使其拥有独立的人。

黄飞虎的理智。在第三十回，当黄飞虎得知夫人被纣王侮辱而坠楼，妹妹同时被害时，他无语沉吟；当他看到身边四将持刀反商时，还在迟疑甚至还把他们大骂一通；而当周纪设计激将时，他便一气之下反出朝歌。

以后，随着情绪的稳定，则清醒地认识到纣王无道，终于变被动反商为主动归周。这里写出了黄飞虎理智和情感的矛盾，以及这个矛盾发展、转化，从而写出了一个有血有肉、活生生的人，而不是神。

《封神演义》中的人

物形象具有明显的复杂性特征，即便这种人物形象与故事情节有时脱钩，流于表面，但文学家在塑造复杂人物、提高文学形象的真实性和艺术吸引力等方面已然大放异彩，提高了作品的审美价值。

并且，《封神演义》中的某些片段，刻画人情颇为真实动人。如写哪吒出世及他与父亲斗争的故事；第四十八回至第五十回云霄由拒绝下山到终于摆设黄河阵的故事；第七十二至第七十三回的广成子三谒碧游宫的故事等。

这些故事合乎情理，合乎人物感情变化和事件发展的逻辑，丰腴的形象具有颇富诗意的人生经验，是作者才情暴发的部分，是《封神演义》中最精彩的片段，可以和我国古典小说优秀之作相媲美。

另外，《封神演义》的风格类型属以对立双方的斗法为主，写法宝，写神通，侧重于想象的神奇，千奇百怪的幻想是《封神演义》最大的艺术特色。

　　《封神演义》里的想象给人轻松愉快的艺术享受，而且还包括科学想象的因素。《封神演义》用散文描写自然环境能情景交融，富有新意，是古典小说环境描写的一大进步，它突破了堆砌辞藻的韵语范式，写出了不可重复的自然环境。

　　《封神演义》的思想题旨是多元的，从积极意义上来讲，《封神演义》揭露和反抗暴政，歌颂仁义，赞扬仁君贤臣，同情推翻暴政的正义战争。

　　作者把西岐作为理想和谐的大同世界，体现出作者对开明政治的向往，作者把感情倾注在正义一方，认为有道伐无道是应当支持的，殷纣王的败亡是历史的必然。

　　《封神演义》将武王伐纣这一重大历史事件神话化，借此重塑上古诸神的形象，恢复神话英雄的威名，再造神祇谱系，使历来杂乱无章的仙道有了一个完整的体系，即上层为仙道，中层为神道，下层为

人道。

《封神演义》使纣王的暴行和武王伐商的史实具体化、情节化，它诠释、补充和丰富了史书对殷末那段历史的记载，为殷末史的流传提供了条件，使3000多年前晦暗不明的殷末史在下层百姓中得到有效的普及和传播。

《封神演义》是明代神魔小说的扛鼎之作，它对后来各种文艺创作的影响也是世所公认的，其民间影响力足可以和《西游记》比肩。

拓展阅读

鲁迅先生对《封神演义》这样评价："封国以报功臣，封神以妥功鬼，而人神之死，则委之于劫数。其间时出佛名，偶说名教，混合三教，略如《西游》，然其根底，则方士之见而已。"鲁迅先生并没有进一步阐述"方士之见"具体指什么，但是联系当时的社会背景便可以把"方士之见"理解成是在一定社会背景下，小说创作者对个体命运的一种潜意识关怀。

《封神演义》的最大亮点，就是都赋予了顺天意和逆天意的人和神一视同仁的人文关怀，这也是其人本主义意识的着重体现。比如作者对小说中所谓的正反两大阵营战死的人和神都封神的，小说家的情感是一种多方同情，同时对正义也有挖苦。于是作者陷入了迷惘状态，动摇了自己的立场，人性的觉悟就自然而然地流露出来。

聊斋志异

《聊斋志异》简称《聊斋》，俗名《鬼狐传》，是清代著名小说家蒲松龄创作的短篇小说集。作品成功地塑造了众多的艺术典型，人物形象鲜明生动，故事情节曲折离奇，结构布局严谨巧妙，文笔简练，描写细腻，堪称我国古典文言短篇小说之巅峰。

《聊斋志异》真实地揭示了现实生活的矛盾，反映了人民的理想、愿望和要求。歌颂生活中的真、善、美，抨击假、恶、丑，是蒲松龄创作《聊斋志异》总的艺术追求，也是这部短篇小说集最突出的思想特色。

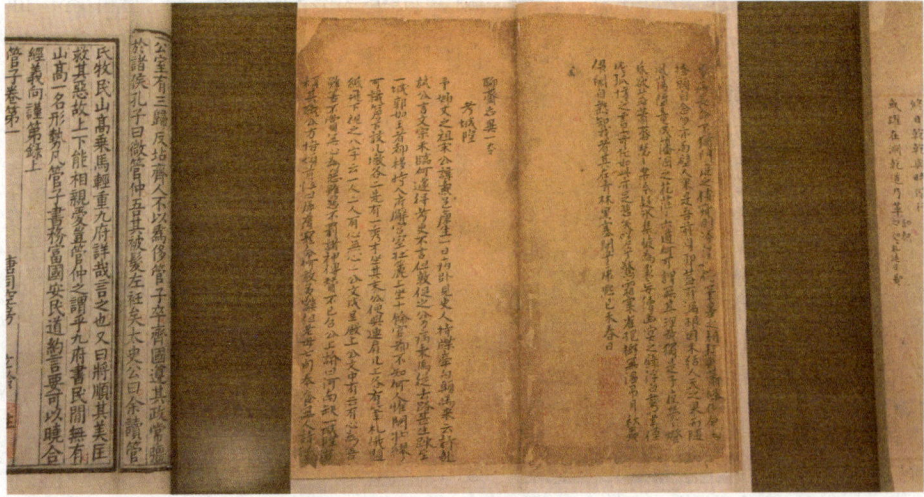

志怪小说创作的高峰

明代末期，山东淄川蒲家庄有一个富贵家庭，家主名为蒲槃。蒲槃小时致力于学习，但是到了20多岁还未能考中秀才，所以弃书从商了。

后来，蒲槃到了40多岁都没有子嗣，便不再积攒家业。于是蒲槃一面闭门读书，一面散其钱财，去周济贫困，建造寺庙，可能是他做的好事感动了天帝，蒲槃后来相继有两个儿子出生了。

1640年，农历四月十六夜间，蒲槃做了一个奇怪的梦，他看到一个披着袈裟的和尚，瘦骨嶙峋的，病病歪歪的，走进了他妻子的内室，和尚裸

露的胸前有一块铜钱大的膏
药，蒲槃惊醒了。

这时蒲槃听到婴儿的啼哭
声，原来是他的第三个儿子出
生了。在月光的照耀下，蒲槃
惊奇地发现，新生的儿子胸前
有一块清痣，这块痣的大小、
位置，和他梦中所见那个病病
歪歪的和尚的膏药完全相符，
蒲槃为他取名为"松龄"。

因为家境衰败，蒲槃没钱
为蒲松龄请老师，便亲自教子
读书。蒲松龄天性颖慧，过目
不忘，在兄弟之中最受父亲钟爱。

蒲松龄19岁初应童子试，便得到县、府第一的优异成绩。山东学
道施闰章很赏识他。他对施闰章的知遇之恩，铭刻于心。进学第二
年，蒲松龄就与同邑李尧臣、张笃庆等少年秀才结为郢中诗社。与此
同时，蒲松龄也开始了对志怪传奇类小说的创作，蒲松龄对民间传说
故事，极感兴味。在1664年，张历友在《和留仙韵》之二中有句：

司空博物本风流，涪水神刀不可求。
君向黄初闻正始，我从邺下识应侯。
一对结客白莲社，终夜悲歌碧海头。
九点寒烟回首处，不知清梦落齐州。

从张历友这首诗中，已明显地透露了蒲松龄不仅爱好清谈述异，而且在这时已开始志怪传奇类小说的创作了。

科举对蒲松龄并非是直上青云的阶梯。继少年进学初露锋芒之后，"三年复三年"的乡试，却成了他终身难以闯过的关隘。

1664年，蒲松龄读书于李尧臣家，他们"日分明窗，夜分灯火"，在一起专心致志苦读了几年书，但依旧没有考上。

在蒲松龄三十一二岁时，应同乡进士、新任宝应知县、好友孙蕙的邀请，到江苏扬州府宝应县做幕宾。孙蕙请蒲松龄为幕宾，主要是因其为同乡可作亲信助手，蒲松龄才识过人，堪任文牍事，其中当然也有同情蒲松龄落拓不遇、家境窘迫的意思。

孙蕙、蒲松龄既是同乡，又是老相识，彼此没有什么隔膜，蒲松龄除代孙蕙作酬酢文字，草拟书启、呈文和告示之类，还常随孙蕙行役河上，或游扬州。蒲松龄对孙蕙体恤民苦，忤河务大员，因而受到弹劾，更是同情。

但不久后，蒲松龄就厌倦了幕宾生活，思家甚切，不时流露愿归返故乡的情思。终于在他32岁这一年的秋天，他辞幕宾返回故乡了。蒲松龄在南方做幕宾的生涯只有一年，但对他的创作生活大有裨益。

首先，这是他一生中唯一的一次远游，大开眼界，

饱览风光，开阔了胸襟，陶冶了性情。

一年间，蒲松龄对南方的生活状况、风俗习惯也有所了解，这对他后来创作以南方为背景的志怪小说作品，如《晚霞》、《白秋练》和《五通》等显然是不可或缺的。还有《莲香》就是作于南游期间。

其次，幕宾生涯使蒲松龄有机会接触封建官僚机构的各色人等。可以说幕宾一年使他深入到封建官府心脏，熟悉了其中种种内情，这就为他后来在志怪中描绘、揭露官场的弊害生出各种新巧的构思打下了厚实的生活根基。

再次，在作幕宾期间，他还得以接触了南方一些能歌善舞的青年女性，如顾青霞、周小史，蒲松龄都有诗歌咏过她们。在《伤顾青霞》一诗中对这位歌女的不幸早逝，寄以深切的同情和哀伤。

另外，一年作幕使他收集了大量创作素材。在蒲松龄所写的《感愤》诗中写道：

漫向风尘试壮游，天涯浪迹一孤舟。
新闻总入狐鬼史，斗酒难消磊块愁。

这不仅表明蒲松龄写作志怪小说时间较长，也说明他积累较多。

《巧娘》篇末注明是"高邮翁紫霞"提供的材料。诗中把"狐鬼史"与"磊块愁"联系起来，说明这时作者从南方返乡后，对于志怪小说创作，已有了明确的创作意图，是作为"孤愤"之书来写作了。

1679年，40岁的蒲松龄应同邑毕家聘请，设帐城西西铺庄。主人家藏书丰富，使他得以广泛涉猎。也就是在这年，蒲松龄将自己长期以来所写的志怪小说初次结集，取名为《聊斋志异》，刑部侍郎高珩为之写序，阐述该书之特点和价值。

这时，蒲松龄的艺术才华和《聊斋志异》的价值已受本邑名流所注目。《聊斋志异》结集面世之后，蒲氏为生计所迫，仍坐馆毕家。

来到毕家后条件好了，有石隐园的美景，有万卷楼的藏书，再加馆东的支持，他决心续写完成这部巨著《聊斋志异》。从此他便集中业余的精力投入到收集素材与构思创作中。寒来暑往，日复一日，终于完成了《聊斋志异》。

拓展阅读

蒲松龄的同乡好友王士祯对《聊斋志异》特别喜爱，给予极高评价，并为其作评点，甚至准备用500两黄金购《聊斋志异》的手稿而没有如愿。

据说，作者蒲松龄在写这部书时，专门在家门口开了一家茶馆，请喝茶的人给他讲故事，讲过后可不付茶钱，听完之后再作修改写到书里面去，就这样，写成了这本书。书中写得最美最动人的，是那些人与狐妖、人与鬼神以及人与人之间的纯真爱情的篇章。

脱离束缚的理想生活

谈鬼是《聊斋志异》的显著特色，500篇小说中，谈及鬼的就有100多篇。

"喜人谈鬼"的蒲松龄在不知不觉中为我们构造了一个从地上挪

入地下，从无序升入有序的现实人间。对这个幽冥世界，无论蒲松龄还是读者都寄寓了无限的憧憬和真诚的热望，而故事中的人或鬼，也实实在在感觉到了这世界的亲切和温暖。

《聊斋志异》百余篇鬼小说是鬼魂信仰文化的艺术再现。在民俗生活中，人们往往按照现有的生活生存状况想象死后的世界。如相信死后的灵魂如生前一样有一个居处，或坟墓或冥府，而且可以夜间出来拜访生人等。作为鬼魂信仰的具象，《聊斋志异》的鬼小说体现了这一民俗文化的特征。

《聊斋志异》中诸鬼大多有自己的活动场所。孤魂野鬼大多住在自己的墓里，如聂小倩就住在上有鸟巢的大白杨树下的坟墓里。也有聚居的鬼村落，甚至如阳间村落一样有名可查，如《巧娘》中傅廉为华三姑传书至"秦女村"。

村落中的鬼魂们各有自己的住宅，《公孙九娘》中的莱阳生甥女就同一媪居住在两椽茅舍子里。但更多的鬼魂死后直奔地府。在《连城》中乔大年一恸而绝，魂魄出窍，遥望南北一路，行人连续如蚁。这"如蚁"的鬼魂都是去阴曹报到的，而连城的鬼魂只能坐在角落，更可见鬼魂聚集之众。

作者藉凭这丰厚的鬼魂信仰文化，顺笔写来，在故

事的构思叙述是可谓"好风凭借力，送我上青云"，自然而然地为读者所接受。在当时，百姓们不仅以书信支持作者的写作，而且欣然击节道："君将为魍魉曹丘生，仆何辞齐谐鲁仲连乎？"

这反映了蒲氏所处时代的民俗心态，人们对死亡的态度不是恐惧，而是向往。这种生死观几乎成为一种共识而为人们所津津乐道。

由于对鬼魂信仰的这种下意识的继承和发扬，人们在心理上接受了一种极限的突破，即肉体的生命结束了，精神的生命依然存在。在阳间住不下去了，可以换个地方，转到地下去过日子。

《湘裙》中晏仲醉酒途中遇已死故友梁生，双方都不觉伤感、突兀。而对生死的认识和选择持旷达、务实态度的莫过于祝翁。祝翁年50余岁病逝，忽然复活呼媪同去，说道："转念抛汝一副老皮骨在儿辈手，寒热仰人，亦无生趣，不如从我去。"

在鬼魂信仰中，人们往往把死人的灵魂想象成为活跃而强有力的实体，认为他同生前一样保留着活力并增加了无穷的力量。正是出于对灵魂的这种生活能力的自信心，才使得《聊斋志异》鬼小说中的许多鬼魂在阴间阳界穿梭自如，而且由于免去了生前种种的物质羁绊，生活得比在世时更幸福，更有生趣。

对自然生命的否定和对精神生命的追求使人超越了现实时空的限制，拓展了生存的空间，延续了生存的时间。当然，在客观上也为蒲松龄的"鬼话"提供了一个自由表现的舞台，为进一步表现他的人伦、人情、人文观奠定了一个坚实的基础。

在《聊斋志异》中，鬼界也如人界，有治人者阶层，也有治于人者社会。后者，即众多无权无势的平头"百鬼"们。在《聊斋志异》中大致有4条出路。

一是死后在地下安居乐业。娶妻生子，贩南货北，接着阳间的日子继续过下去；二是投胎转世。为自己的灵魂寻求一个好所在，并借以改变生前的生存方式，实现自己的人生理想，价值追求；三是因积善施德升为鬼仙鬼吏，上升为统治阶层；四是因德行败坏被冥律惩罚永世不得脱身，甚至魂飞魄散。

相比于那些挣扎在各种异化力量压迫之下的世俗民生，芸芸众鬼们在那幽冥世界的生活似乎更自在更温馨。

在移居九泉之后，鬼魂们可以免却征赋、徭役之苦。因

为冥间的一切苦差使都是留
给阳间那些品行有亏、行为
不轨的无赖小人去干的。

　　像掏奈河、涤狱厕等，
苦役都由鬼使来阳界勾魂充
作。阎王对地下居民似乎并
不相扰。他们可以做自己的
小买卖，过自己的太平日
子。如《酒狂》中贾氏，在
阴间卖酒，而且小有声望，
甚至与勾魂使者东灵颇有交
情，是一个颇有心计的鬼民。

　　又如《湘裙》中晏伯死后可以在地下娶妾生子，而且阿大赴市，
阿小随母探亲，一家人其乐融融。

　　这样鬼民生活，一切模式内容均与阳世无异，却免去了许多苛捐
杂役，像成名那样为了一只蟋蟀而逼死儿子，辛酸艰难从此可以摆脱
了。

　　他们的日常用度可以仰赖生人化纸而得，不用为缺少银钱犯愁。
如《公孙九娘》中莱阳生甥女言："又蒙赐金帛，儿已得之矣。"

　　相对于对物质的薄求，鬼魂们更看重精神的满足。这里所说的精
神满足，既有个人价值、道德修养的完满实现，又有人伦人情的和谐
相处。

　　在《聊斋志异》中，那些走上转世复活之路的鬼魂大多对未来充
满了希冀之情。

如在《莲香》中狐女莲香为了能够托生为人，不惜毁弃自己的多年道行。她把死亡看做是实现爱情理想的跳板，因此说：

子乐生，我自乐死耳。如有缘，十年后可复见。

这里"乐死"实际上也是"乐生"，希望通过死亡改变自己的现存方式，蜕化为人。同篇中的鬼女李氏与桑生相爱，因阴气太重，几乎害了情郎。在生死攸关之际领悟到人鬼异路，有情人难成眷属的怅恨。

为此"每见生人则羡之"，得以附体而生。不论是复活还是转世，都是为了一个目的，即爱情的实现。

对生长于深闺之中的古代女子而言，爱情是最难得、最宝贵的，对爱情的渴望与执著往往使她们不避死亡的威胁。像连城、范十一娘等人，都是为了爱情不惜死一回的女子。但她们的复活才是爱情追求得以实现的最终契机。这样的例子还有《小谢秋容》、《鲁公女》等。

"士为知己者死，女为悦己者容"，揭示了封建时代男女人生价值的不同认知方式。

在《聊斋志异》中，"知己之感"表现得特别突出。

在女子，表现为对爱情的执著追求。在男子，尤其是那些淹塞仕途的读书人，则更多地表现为把知己的承认看做自己个体价值被认知的标尺、砝码，许多人为此生死相随。如《连城》中的乔生，为报连城的知己之恩，竟然身殉之，而且说道："仆乐死不愿生矣。"

又如《时生》中描写的叶生，魂随知己丁乘鹤多年，竟领乡荐而忘死，直至见到堂前棺木，才扑地死去。也即最终认识到理想的幻灭，价值的不可实现，才真正死去。

显然，这些士子文人在当时社会中心理负荷是相当沉重的。他人的承认，社会的认可是他们个体价值得以实现的标志。但现实中依靠科举成名的途径是狭窄而拥挤的，许多人甚至在这羊肠小道上颠沛一生也不能实现其个体价值。蒲松龄便是其中酸苦的一员。

在《聊斋志异》中，还有许多落魄文人的鬼魂混迹人间科场，期待科举成名的故事。《司文郎》中的宋生，之所以不愿魂归冥府，乃在于想看到王生金榜题名，他甚至不惜推迟冥中任用的殊荣等待着。然而王生的败北令他失望至极。

《于去恶》中30年一巡阴曹的张桓侯大受于去恶的爱戴，就是阳世的蒲松龄也翘首以待，他们对于科举制并不反感，更没有否定的意

识，只不过从改良的意愿出发，希望换个文官整顿一下秩序而已。

这些死而犹生的鬼魂们，他们骨子里信仰的是儒家的入世、进取的思想，精神上不灭的是儒家的执著与热情。

在《聊斋志异》中，还有许多"鬼话"是写轮回因果报应不爽的。这类小说似乎充满说教与训诫的味道，细细品味，方可体会出文字背后的热情与希望。

在鬼魂信仰中，死亡并不具有否定意义，而是个体生命取得再生。但人在再生之前会有准备与酝酿的阶段，这也就是《聊斋志异》中普遍出现的冥审、冥判。这种心灵的审判并非蒲松龄的创造，而是一种原始信仰的积淀，原始的鬼魂信仰里渗透着道德观念。

人们的品德修养被看做一项精神内容与精神生命共存亡。人们的意识深层普遍存在着人死后要受到冥府审判，其中罪过深重的人就被定罪去受苦，只有正直的人才能到达极乐世界的观念。

蒲公信笔写来，读者放眼观去，之所以毫无造作之痕和接受上的困难，正由此无意识作用的结果。

在《聊斋志异》中，冥审被描写成一个人从一种生命形式到另一种生命形式的转折点。鬼魂们到达冥府后，阎罗王就稽查其生平所作所为，如果是行善积德的投生一个好所在，来世有个好出身，或升作魁仙鬼吏。

如果是作恶的，酌情按律处罚。如《三生》中的刘孝廉，因生前所行不善先后被罚作马、犬、蛇，历三世才将罪孽赎满，至第四世复投入胎，为刘孝廉。又如《王兰》中的无赖贺才，因日事酗赌死不知改被罚窜铁围山。

而积善施德的往往有好报。例如《水莽草》中，祝生宁愿为鬼，而且百计为其他误食水莽草者驱鬼，终于感动天帝，册封他为"四渎牧龙君"，升为鬼仙。

《布客》中布客本来已名列死籍，因他曾出资建桥方便行人，结果就可延寿命了。在《聊斋志异》中，勿以恶小而为之，勿因善小而不为的告诫屡次提出。

拓展阅读

在《聊斋志异》中，还有关于地府中的官职是如何选拔的。在第一回就说明了地府的官职也是要通过考试得到。因为他们可是地府之中的"父母官"，处理的是阴间和阳世鬼与鬼之间、鬼与人之间、甚至是人与人之间的各种纠纷，所以在人员选拔上就必须要格外的慎重，否则"苛政猛于虎"，为祸就太为惨烈了。

一般的程序是，首先是选取阳世间有修为、积阴德的"乡绅仁子"，让他们进行竞争性的考试，合格以后才可以充任"城隍"或是其他的职位。阴间的考试也是很严肃的一件事，就像科举考试的殿试一般，要阎王亲自把关。

充满和谐的鬼魂世界

在《聊斋志异》中，还表现出了古代百姓对德与法、情与礼、情与理关系的和谐处理，以及祖先崇拜的思想观念。

德与法的和谐。在《聊斋》中，阴界不仅管辖自己那儿的事情，

更把关注的目光投向阳间。其关注的程度细微到每个人的一言一行、一饮一啄。更周密到每个人的生前死后，来龙去脉。其冥法对每个活人死鬼都负全部责任。因此，阳世所有不可解的难题在阴司全部可以解决。

在阳间，官府惩治的是大恶，奖励的是大善，而对那些钻了法律空子的小恶却无能为力，对那些于法难容于情可恕的也不能网开一面。但是冥律对处理这些难题时就灵活得多。如《酒狂》中的缪水定，品行恶劣，惯于使酒骂座。但并未触犯刑律，官府对他亦无可奈何。阎王就可以"颇恶此辈"为由将其勾魂冥罚。

又如《潞令》中宋国英，身为父母官，作恶多端无人能管，冥法却可以惩治他。同样，对那些有心为善的，也笔笔在录。在《刘姓》中，刘姓因恶贯满盈被冥司勾魂审判，只因曾用300钱救一人夫妻完聚，则免去了坠入畜生道的痛苦。

像这样有法可依有据可查的"法治社会"并非一味照本宣科，也有其通情达理处。它在随时纠正人们的错误，也随时允许人改正错误，如《邵九娘》中金氏本因"罪过多端，寿数合尽"，但"念汝改悔，故仅降灾，以示微遣"。

于法于理于情都说得过去，也即寻到了解决"于情可恕，于法难

容"矛盾的途径。社会用来维持秩序的"法"与个人用来完善自我的"德"既有对抗性，又有统一性，两者本质上是统一的，都是人们实现其生命价值所必需的辅助手段。

以德生法，以法促德，两者相辅相成和谐共存是建立生存秩序大和谐的理想方式，也是《聊斋》鬼魂世界所反映出的"中和之境"的具体模式之一。

情与礼的和谐。我国的"礼"观念由来已久。荀子在其《非相》篇中说：

> 人之所以为人者非特以其二足而无毛也，以其有辨也……辨莫大于分，分莫大于礼。
>
> "礼"作为一种社会行为准则，时时刻刻规范着人们的言行。遵礼而行就是道德，违礼而行就是不道德。但人同时又是有情的，情感的萌发有时是在"礼"的规范之内的，如"孝"、"悌"本身就是纲常，但更多的则溢出礼的约束，尤其是男女之间的爱情。

在《聊斋志异》中，这种情与礼的冲突并不罕见，特别是鬼魂世界，对情的执著追求更往往超越了其对礼的自觉遵守。但这类爱情故事最终却多以回归于礼的形式得以大团圆。这就可看出"礼"文化的底蕴在社会中到底有多深了。

在《聊斋志异》中，有许多美丽多情的女鬼耐不住对青年书生的倾慕而蒙羞自荐。

这行为一方面是由"生有约束，死无禁忌"的鬼魂身份所决定的；另一方面，却又根本摆脱不了"礼"的阴影。鬼女们虽然鼓起勇气自荐枕席，仍然要不无顾忌地问"他无人耶"，唯恐自己的行为被礼所控制的舆论不容。

除了那些大胆热情的女鬼，地下更有一些谨守礼仪，以礼抑情的"淑女"。自觉"人鬼难匹"的宦娘，虽然心慕温如春琴技，却只能躲在暗隅偷学，不敢现身，对礼的遵守可谓毕恭毕敬。

《公孙九娘》中，虽然朱生屡通媒妁，但莱阳生甥女，却始终以"无遵长之命"推辞，其恭敬恪守于礼的程度不啻阳世淑媛。

《聊斋志异》中对礼的自觉维护在《湘裙》中表现尤其突出。湘裙对晏仲有意，不提防泄漏心事，即遭到其姐诟骂。湘裙也愧愤哭欲觅死。双方都表现出了对礼的认同和自觉。虽然"情"与"礼"出现了对立，但最终还是以符合礼的形式，即兄妾送湘裙与晏仲完婚使"情"得以实现。

在这里，"情"既受到"礼"的约束，"礼"又对"情"作了稍稍让步，最终以"情"与"礼"的和谐相处方式解决问题。此类例子还有《聂小倩》、《鲁公女》等。

情与理的和谐。众所周知，我国是一个伦理社会，我国文化的精神基础是伦理。在传统的伦理精神上着重表现在两方面，一是从家庭成员的和谐出发，表现在："父慈子孝"、"兄友弟恭"等理念上；二是考虑到家系的传承与延续，主要表现在"不孝有三，无后为大"等理念上。

前者是一种同时限的和谐，后者则是一种超时限的和谐。两者都体现了一种追求和谐人际关系的精神。

在《聊斋志异》中，褒扬"孝"、"悌"这方面内容的小说有《席方平》、《张诚》和《湘裙》等篇。在这些小说中，父子兄弟亲情与社会规则之"理"出现了和谐共存的局面，甚至"理"为"情"让路。

如《席方平》，冥府中为褒扬席方平的"孝"，使席父得以延寿，90余岁而卒。又如《湘裙》中晏仲为了哥哥有后而悉心抚育其鬼子，爱如己出。异史氏为此叹说："天下之友爱如仲，几人哉……阳绝阴嗣，此皆不忍死兄之诚心所格。"

这些不论因"孝"还是因"悌"所得的奖赏按冥律都是破格的。如果按律行事，席父60余岁便应寿尽，仲兄更是理应无后，出现这样奇迹是不可能的，诚如作者所言，"在人无此理，在天宁有此数乎！"

情与理的矛盾是人们在追求和谐的人际关系时经常遇到的问题。现实中，两者常常是不可调和的。

但在鬼魂的世界里，人们却找到了解决矛盾的途径和方法，即"通情达理"。使"理"向"情"靠近，使"情"向"理"归依。既实现了形式上的和谐，又满足了内容上的要求，从而实现了人际关系的真正大和谐。

祖先崇拜。作为一种"超时限的和谐"的人际关系，祖先崇拜的目的，是通过对共同祖先的崇拜而协调家族家属的人际关系，这已超出了原始的鬼神信仰的质朴本色，而带有了浓重的不可离析的人文韵味和功利色彩。

《聊斋志异》中涉及对已故祖先崇拜的小说有《陈锡九》、《刘夫人》等。在这些小说中，对祖先的魂灵既有崇敬仰视的畏惧心态，又有希望借祖宗法力解决目前实际困难的功利心态。

如《陈锡九》，陈千里寻父骨，暮宿野寺，遭野鬼欺凌。死后为大行总管的父亲为他解了危难，而且帮助他把已被岳父强逼回去的妻子夺了回来。又因孝行得赐黄金万斤，摆脱了经济困境。

祖宗的威力是很大的，借助它的向心力可以改善现实中已恶化的人际关系，社会处境，崇拜他绝无坏处，这是尚用务实的国人心态的折射，也是最普通最实在的世俗民生对生活的理想寄托。

如《刘夫人》中荆卿、玉卿本系大家之后，却落到"非鸥鸦即驽骀"的地步。由其鬼祖母刘夫人代为物色的经纪人廉生不但为他们重创了家业，而且使兄弟亲戚"往来最稔"，使原先僵化的关系得以缓和和谐。因此，对祖先的崇拜不只源自一种家人的依恋，还有更深刻更现实的物质要求和精神祈祷在里面。

在伦理社会，家族的和谐是由一个死去的共同的祖先来维持的，要使这一和谐继续下去，对祖先就不仅要崇拜、纪念，更要使这崇拜、纪念继续下去，这即是"延续香火"的目的。

实质上，"香火"是对祖先崇拜的最高表示。在《聊斋志异》中，有许多鬼妻生子的故事，如《巧娘》、《晚霞》、《聂小倩》等。在这些小说中，一家人能够其乐融融，和谐共处，原因固然很多，但能生子却是其中必不可少甚至是起重要作用的因素。

如聂小倩，无论对宁采臣的情还是对宁母的礼，都可以说无可挑剔。但宁母却害怕她不能延宗嗣而犹豫不决。直至小倩告白说："子女惟天所授……不以鬼妻而遂夺也。"

宁母才放心地接受这个儿媳妇。又如《巧娘》，如果不是"抱子告母。母视之，体貌丰伟，不类鬼物"，巧娘被婆婆接纳恐怕还须费些周折。

从这些小说中反映出的人们对"香火"的重视足可透视出"祖先崇拜"意识的巨大支配作用。由于我国特有的伦理文化，人们总希望家族世系能不断地绵延下去。

要达到这个目的，最有效的方法就是借一个共同的祖先的存在而整合所有的子孙，借这崇拜的向心力，不但使家系绵延不断，而且使亲属关系和谐均衡，这也就是数千年来我国人最重要的价值重心之所系，维持"家系"与维持"香火"就成为同义的名词，两者谋求的都

是伦理社会的长久的最高的和谐，即人际关系的和谐。

在《聊斋志异》鬼小说中的几种文化现象，可以看到在这个满漾着温暖的烟火气息，流淌着亲切的人伦亲情的鬼魂世界中，鬼法与人法无异但更清明，鬼德与人德无异但更纯正，鬼礼与人礼无异但更圆融，鬼情与人情无异但更真诚，从而也就使人感觉到鬼域与人域无异但更和谐。

整个鬼魂世界就是一个温馨清朗有序的理想国。作者同其中的"国民"一样，对现实人生并未厌倦厌弃，而是始终保持着乐观进取的精神，怀着满腔的热情和希望积极地参与生活的一切过程，并孜孜不倦地追求着广大和谐的生命价值的实现。这也正是《聊斋志异》百余篇鬼小说的文化精髓所在。

拓展阅读

《聊斋志异》中，阴间的鬼差们可以在阴间娶妻生子外，其余的小鬼则无一例外地到阳间来找自己的真爱，小说集中就有众多的女鬼来到阳间找书生，不但可以在一起生活，并且很多的女鬼还可以为书生留下一点血脉，如《伍秋月》中的女主角，他不但可以和书生生活，更离奇的是在死了许多年以后还可以复活。

至于男鬼生子，书中描写不多，只是在《土偶》中有"冥中念尔苦节，故令我归，与汝生一子承祧绪。"马姓的男鬼与他的老婆生了一个儿子，在小说集中其他地方再也没有见到类似的事情。

仗义行侠的人物形象

在小说中大量描写豪侠义士，这一传统也是唐人传奇建立起来的。豪侠义士是唐人传奇中充满生命力和道德感的形象。他们仗义行侠，鄙弃财禄，必要时可置生死于度外，重名节，讲信用，以生得壮烈、死得磊落为自豪。

《聊斋志异》的主角是"狂生"、狐女，而他们大都具有侠的风采。或昂扬乐观，倜傥卓异，乐于在狐鬼的天地里一发豪兴，比如《章阿端》中的"卫辉戚生"；或恩怨分

明，言必信，行必果。比如《大力将军》中的查伊璜、吴六一，《田七郎》中的田七郎，或矢志复仇，"利与害非所计及也"。

女侠的复仇尤其惊心动魄，商三官亲自杀了害死自己父亲的仇人。细侯为了回到满生的身边，甚至手刃了"抱中儿"，就是她和那个偏娶她的"龌龊商"所生的孩子。

《聊斋志异》无疑是对唐人传奇的发扬光大，但《聊斋志异》豪侠题材的魅力，绝不仅仅在于它沿着唐人传奇的轨迹平稳运行。

蒲松龄是一个具有强烈历史意识的作家，所谓历史意识，就是他不仅了解自己的时代意义和背景，也了解文学的传统，在时代和传统的双重背景下，他敏锐地意识到自己在时间中的地位，自己应该从背景中浮现出来。

蒲松龄是实现了他的创新目的。他笔下的豪侠题材尽管是传统的，但他借以表达的对理想的生命形态的向往之情却是新鲜的。

如果说《商三官》、《伍秋月》、《窦氏》、《向杲》、《席方平》等作品中的刚烈顽强，不屈不挠地介入社会人生冲突的豪侠具有较多继承的意味，那么，《青凤》、《陆判》、《章阿端》、《小谢》、《秦生》中纵逸不羁、自然纯朴、富于浪漫情怀和少年壮志的豪侠则给予更多创新的色彩。

《聊斋志异》描写了大量生性不羁的"狂生"。在恐怖的狐鬼世界里，在令人"口噤闭而不言"的阴森气氛中，他们反倒兴致淋漓，情绪热烈。如卷1《狐嫁女》中的殷天官，文中这样描写他：

> 少贫，有胆略。邑有故家之第，广数十亩，楼宇连亘。常见怪异，以故废无居人；久之，蓬蒿渐满，白昼亦无敢入者，会公与诸生饮，或戏云："有能寄此一宿者，共醵为筵。"
>
> 公跃起曰："是亦何难！"携一席往。

这种摧枯拉朽的气概，这种意气雄放的生命形态，所体现的正是侠的精神。

如《青凤》中的耿去病、《陆判》中的朱尔旦、《捉鬼射狐》中的李著明、《胡四相公》中的"莱芜张虚一"、《章阿端》中的"卫辉戒生"等人物，也都是这类豪放自纵，性情不羁的狂生。

荒亭空宅，杂草蓊郁，鬼鸣狐啸，怪异迭现，而这些狂生却能无所芥蒂地进入其中，他们欣赏着其中的怪异，以其面对怪异的坦然风度征服了狐鬼。结果，情节的进展大大出乎人们的意料。

狐鬼世界的恐怖阴森往往只是"鄙琐者自怪之耳"，实际上倒是光风霁月、富于诗意的。而且看殷天官进入那座"常见怪异"、"蓬蒿渐满"的"故家之第"后的情形：

（天官）坐良久，更无少异……一更向尽，恍惚欲寐。楼下有履声，籍籍而上。假寐睨之，见一青衣人，挑莲灯，粹见公，惊而却退。语后人曰："有生人在。"

问："谁也？"

答："不识。"

俄一老翁上，就公谛视，曰："此殷尚书，其睡已酣。但办吾事，相公侧觉，或不叱怪。"

乃相率入楼。楼门尽辟。移时，往来者益众。楼上灯辉如昼。公稍稍转侧，作嚏咳。翁闻公醒，乃出，跪而言曰："小人有箕帚女，令在于归。不意有触贵人，望勿深罪。"

公起，曳之曰："不如今夕嘉礼，惭无以贺。"

翁曰："贵人光临，压除凶煞，幸矣。即烦陪坐，倍益光宠。"公喜，应之。

殷天官处变不惊，以安闲镇静的风度面对突发事件，群狐非但不与天官为难，还矜持不已地奉之为座上宾，说明豪迈的人生气概是可以改变我们生活的色调的。

在《小谢》和《陆判》等篇章中所展开的也是类似的情节，令人回味不止的情景。陶望三与小谢、秋容的患难与共的爱情，陆判与朱尔旦的友谊等。

这正如清代评点家但明伦所说：

妖固由人兴山……今狐之言曰：'相公倜傥，或不叱

怪。'可知狐本不为怪，特鄙琐者自怪之耳。以倜傥之人，狐且尊之敬之，况能养浩然之气者哉！

蒲松龄以此表达出他一片情愫，对于不羁的狂生来说，没有什么是真正可怕的，恰恰是在"鄙琐者"所不敢涉足的生活领域内，他们可以大有作为。这里，狂生的无所疑惧的豪情与英雄的积极奋发的人生态度无疑是相通的。

在《聊斋志异》中，狂生的不羁风度还时常和酒联系在一起。

一是这是因为"狂"作为一种豪放自纵、富于激情，富于胆略的性格，在生活中常常衍化成奔放、洒脱的状态，因而与酒结下了不解之缘。

汉代郦食其谒见刘邦时自称"高阳酒徒"，即意在表明自己气度不凡。唐代诗人李白《少年行》这样写游侠的生活："

五陵年少金市东，银鞍白马度春风。
落花踏尽游何处？笑入胡姬酒肆中。

入酒肆，意在豪饮自不必饶舌。

　　二是由于"狂"总是与耿直，方正、浪漫情调密切相关，一旦在社会生活中碰壁，便情不自禁地在艺术的天地里追求自由、放达的境界，即使处于顺境，也不妨壮思腾飞，欲揽明月，借酒力超越凡近。

　　蒲松龄是深知个中因缘的人，所以对酒亢满下亲切之感。他在诗中一再写到饮酒的豪兴，把这作为自己生命力的一种爆发，郁闷和失意，全部消解于其中，而憧憬和展望，也在放歌纵饮的节拍中得以自然流露。

　　蒲松龄这种与酒相依为命的情感，清代评点家但明伦体会到了。

　　《聊斋志异》卷1《考城隍》"有花有酒春常在，无烛无灯夜自明"句下，但评说："至有花有酒二语，亦自写其胸襟尔。"

　　在蒲松龄笔下，那些他所欣赏的狂生，无不有着极高的酒兴。

　　如卷1《娇娜》中，孔生与公子下帷攻读，相约5天一饮。《孤嫁女》中，殷天官贸然闯入狐的天地，参与的一项重要活动即是饮酒。《青凤》对狂放不羁的耿去病的处理也是喝酒。

　　卷2《陆判》生性豪放的朱尔旦与陆判每聚必饮。卷7《郭秀才》由饮酒引出一片

飘逸不凡的意趣。卷10《神女》写米生因孟浪举动,竟得与神女缔结良缘。

从这些篇章中我们不难看出,这种种情节安排也可感受到蒲松龄对饮酒的激赏之情。这在《聊斋志异》卷5《秦生》尤饶韵味,文中写道:

莱州秦生,制药酒,误投毒味,未忍倾弃,封而置之。积年余,夜适思饮,而允所得酒.忽忆所藏。启封嗅之,芳烈喷溢,肠痒涎流,不可制止。取盏将尝,妻苦劝谏。

生笑曰:"快饮而死,胜于馋渴而死多矣。"一盏既尽,倒瓶再斟。妻覆其瓶,满屋流溢。土伏地而牛饮之。少时,腹痛口噤,中夜而卒。

清代学者冯镇峦在"忽忆所藏"下批道:"较舍命食河豚者稍觉韵致。"又在"中夜而卒"下批道:"拼将一死消馋渴,殁去犹堪作酒仙。"

冯镇峦是看出了蒲松龄的创作是忘我的。如果变个角度,把酒换成另外饮品或食品,那么秦生所作所为,其韵致就要大打折扣了。唯其是酒,唯因传统文化赋予了酒特殊的蕴含,秦生的举止才令读者会心一笑。

蒲松龄对饮酒的欣赏，其实是对一种气魄的欣赏，是对浪漫情怀和少年壮志的欣赏。

在卷2《酒友》中的车生是个颇多豪侠气概的男子汉，他每夜不喝酒就不能睡觉，所以在他床头"樽常不空"。后来竟因此而与狐成了"酒友"。

一夜车生睡醒，翻身时，感觉旁边有东西卧着，一摸，毛茸茸的像是猫但是比猫大，车生点灯一看原来是个狐狸，喝醉了在自己旁边睡着了。车生看看自己的酒瓶，已经空了，知道是狐喝掉了，忍不住笑道："此我酒友也。"

然后车生给狐狸盖上自己的衣服抱着它睡了。

这是多么坦荡的胸襟，在人际交往中不含一丝机心，这是豪侠精神的题中应有之意，属于"豪放不羁"的范畴。从不含机心、真率旷达的角度看，《黄英》更加传神。

本篇有个富于象征意味的"醉陶"，黄英的弟弟陶生在一次大醉后，恢复原形，化为菊花，"短干粉朵，嗅之有酒香，名之'醉陶'，浇以酒则茂"。

这个意象来源于对晋代诗

人陶渊明的理解。据南朝梁时期文学家萧统的《陶渊明传》中记录，陶渊明对酒和菊花别具深情，任彭泽令时，文中写道：

公田悉令吏种秫，曰："吾常得醉于酒，足矣。"

尝九月九日出宅边菊丛中坐，久之，满手把菊，忽值弘送酒至，即便就酌，醉而归。

由此可见菊花和酒在陶渊明生活中的位置。而它们与陶渊明的直率、旷达是联系在一起。小说中的黄英、陶三郎姊弟是作为陶渊明的后代出场的。他们身上，自然地秉承着乃祖气质。

黄英的丈夫马子才，安贫乐道，耿介清高，虽然在对待财富一事上略显迂腐，但在人际交往中充分表现出不含机心的风度。比如，他在知晓黄英的菊精身份后，不仅无丝毫疑忌，反而"益爱敬之"，所以能始终保持幸福的家庭，生一女，后女长成，嫁于世家，黄英终老，与马子才形成对照。

但是，在《葛巾》中的常大用，癖好牡丹，却不够旷达。牡丹花精幻化的女子葛巾、玉版，在与常大用及其弟成婚后，感情和谐，家又日益富贵。

遗憾的是，常大用机心太重，他根据种种疑点判断二女可能是"花妖"，于是多番试探。所以结局是悲剧性的，葛巾、玉版痛感在猜疑中无法共同生活，遂离他而去。他们所生的儿子也化为虚无。

蒲松龄藉此表明了一点，就是"不含机心"者，与狐鬼精魅能融

洽地生活，反之，则会受到惩罚，或结局难堪。"不含机心"是蒲松龄所向往的人性境界。就这一点而言，一些烂漫可爱的女子如婴宁、小谢、房文淑，其重要性可与"狂生"相提并论。

返璞归真，没有尘俗的卑琐龌龊，无拘无束，一任性灵自由舒展，这些形象无疑是作家所向往的人性境界在艺术中的展现。

蒲松龄在表现她们时，着力渲染其超尘拔俗的爽朗豪放，赋予作品浓郁的抒情意味。

总之，《聊斋志异》用浪漫主义的创作方法，造奇设幻，描绘鬼狐世界，从而形成了独特的艺术特色，博采我国历代文言文短篇小说以及史传文学艺术精华，成为了我国文言短篇志怪小说的巅峰之作。

拓展阅读

人死了以后在阴间生活如何，多数的文学作品中写他们在那里受苦受难，十八层地狱是阴间常有的景象，可在《聊斋志异》里所构想的阴间，除了这样一些血腥的东西以外，还有另外一些游戏玩乐的场景，如在《鬼令》中众鬼在他事之余尚可以携三五侣而游宴，其宴中酒令也颇有趣，如展先生酒令"口字推上去，一口一大钟"。

鬼与鬼可以游宴，更多的是与阳世之人的快乐生活，如小说集中的众拉鬼秀才，来到阳世或是以文会友、或是饮宴我令，其生活潇洒快乐，无所羁绊让人想到更多的是我国古代的隐士与侠客。

东周列国志

《东周列国志》是明末小说家冯梦龙撰写的一部历史演义小说。这部小说由古白话写成，主要描写了从西周宣王时期直至秦始皇统一六国这五百多年的历史。

《东周列国志》与其他史书一样，以国家的兴亡成败为主题，致力探讨气运盛衰、人事成败之间转化变迁的因果关系。作者通过人物命运的沉浮，形象地告诉人们，能否注重道义，任用贤能是判断一个国家前途命运的最根本的依据。

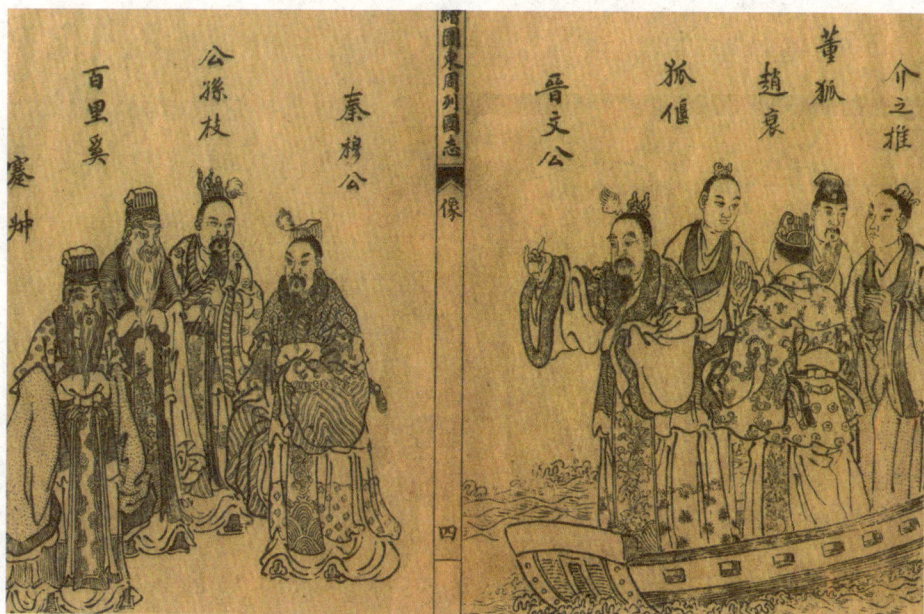

梳理史实的演义小说

春秋战国时期是我国重要的历史时期，列国之间战争的故事历代被人传诵。至宋元年间话本小说兴起，这些散乱流传的故事，便成为话本小说创作者进行加工创作的好题材。故而在宋元的讲史话本中，出现了《七国春秋平话》、《秦并六国平话》等。

历史延续至明代嘉靖、万历年间，时值历史小说创作的高潮时期，春秋战国这段波澜壮阔的历史又成为历史小说创作者看好的题材。明代嘉靖、隆庆年间，余邵鱼始起发轫，根据历史书籍的记述，吸取话本成果加工写成《列国志传》，使列国故事初具规模，但又有诸多错误。

后来，明代末文学家冯梦龙凭据史传，把《列国志传》改编

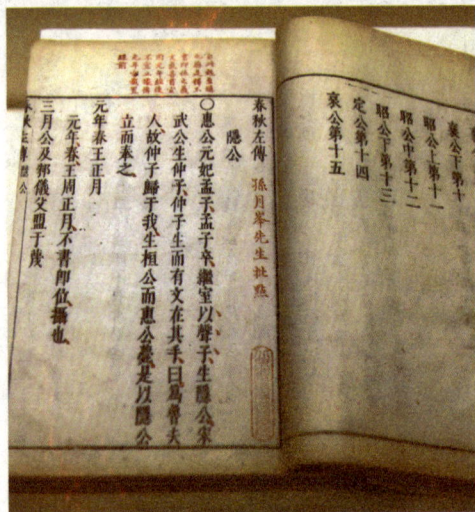

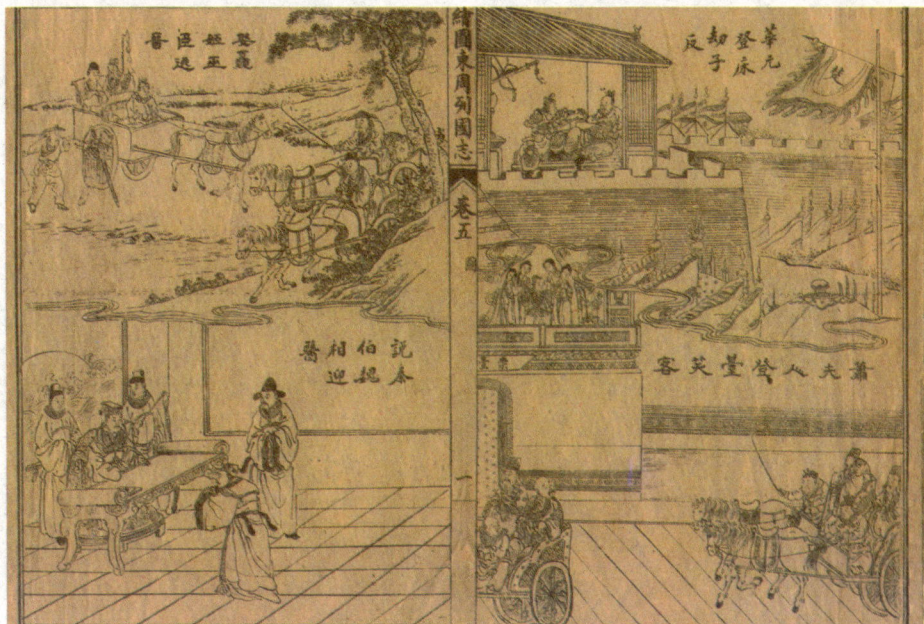

为108回的《新列国志》，于明代末期刊行。后清代蔡元放为《新列国志》加了序、读法、详细的评语和简要的注释，并改名为《东周列国志》。

《东周列国志》写的是西周末年，就是公元前789年至秦统一六国，就是公元前221年，包括春秋、战国500多年间的历史故事，内容相当丰富复杂。《东周列国志》所叙述的历史，正是这样一个时代，所有的故事，都是在这样一个大背景下展开的。

其中叙写的事实，取材于《战国策》、《左传》、《国语》和《史记》4部史书，将分散的历史故事和人物传记按照时间顺序穿插编排，冶为一炉，成为一部结构完整的历史演义。

秦汉时期前的一些史学家为了某种原则立场，对历史事件的叙述和评价，有时会隐而不言，把意思深藏在记述的文字中，没有一定见地的人，很难发觉，更谈不上理解了。

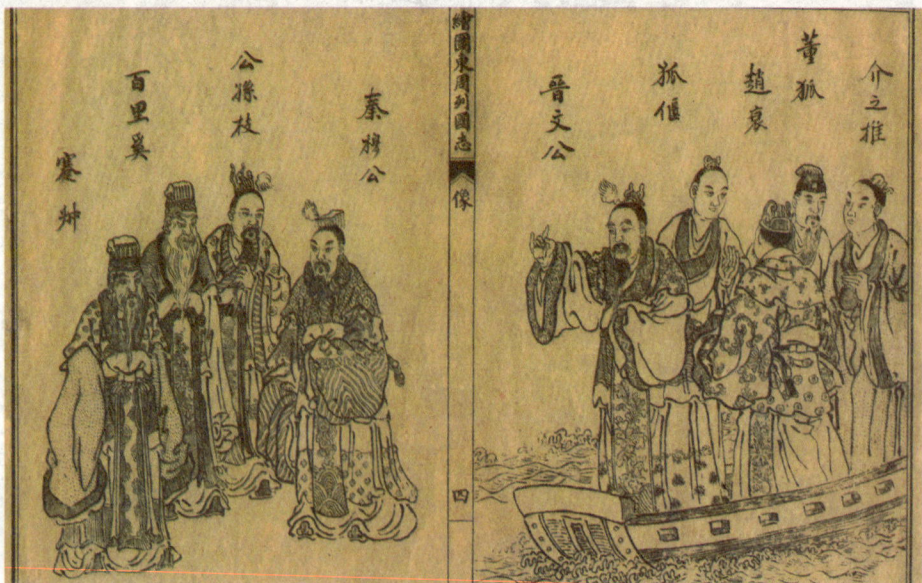

而《东周列国志》的通俗之处，正是将《战国策》、《左传》、《国语》和《史记》4部史书中暗礁一样的文字弄得水落石出，大家一看便心知眼明，种种是非善恶，忠奸智愚，毕露于光天化日之下。这是作者编写此书的用意。

《东周列国志》是一部章回体的长篇历史小说，是除《三国演义》以外流传最广、影响较大的历史演义类小说，但比之《三国演义》，《东周列国志》能够客观、公正、忠于正史，不存在尊谁贬谁的问题，这一点至少不会像《三国演义》那样有误导读者之嫌。

《东周列国志》文字通畅，把春秋战国纷繁复杂的历史编排得有条不紊，有些故事因在史籍中就有较丰富的素材和一定的戏剧性，经过作者的加工，显得有声有色，如"郑庄公掘地见母"、"晋重耳周游列国"、"孙武子演阵斩美姬"等。使之在明代同类小说中，成为上乘之作。

《东周列国志》所叙述的500多年之间，英雄辈出，群星灿烂，千百年后，虽不乏其人，但这一时期的人和事，在历史上最突出，最典型，它几乎是后世是非成败的理论源头，更是后人行事为人的标准和榜样。

小说通过丰富而生动的故事情节，赞扬了从善入流、赏罚严明、胸怀大度的王侯和忠贞、有勇有谋的将相，也赞扬了那些见义勇为、机智果敢的豪侠。

小说描写了幽王残暴无道，引起西戎之乱。平王东迁，从此周王室逐渐衰弱，诸侯国互相兼并，互相争霸。在诸侯国内部，大夫的势力也越来越大，他们之间也互相兼并，致使有的诸侯国为大夫所瓜分，接着出现了"七雄并峙"的局面。频繁的兼并战争，给广大人民带来了无穷的灾难和痛苦。

小说谴责和揭露了那些昏聩、残暴、荒淫、愚昧的帝王、诸侯以及贪婪、奸诈、阴险的佞臣。小说赞扬了从善如流、赏罚严明、胸怀大度的王侯和忠贞、勇敢、有才干的将相，也颂扬了那些见义勇为、机智果敢的豪侠。

小说结构布局主次分明、繁简得当。虽然头绪纷繁，矛盾错综复杂，但来龙去脉交代清楚，不仅整个历史时代的发展变化得到如实的反映，各诸侯国的发展、变化，各国之间的关系，都写得条分缕析。

小说故事性强，每个故事既有

相对的独立性，又是全书的一部分。许多故事描述得娓娓动听，引人入胜。如"卫懿公好鹤亡国"、"西门豹乔送河伯妇"、"伍子胥微服过昭关"等。

由于小说反映了五六百年的历史，不可能有贯串始终的人物形象，但在不少篇章里，人物形象描绘得还相当生动，如管夷吾的博学奇才、鲍叔牙的苦心荐贤等，又如伍子胥、介子推、廉颇等都写得个性鲜明。

拓展阅读

《东周列国志》之所以未上四大名著的原因，我倒认为最有可能的原因是四大名著是从题材上所提出的代表性古典小说，《西游记》属于神仙传之列，《红楼》则是封建家庭，《水浒》是农民起义，《三国》属军事谋略，而《东周》与《三国》题材相同。

《三国演义》相比较来说主线明显，主要人物不是非常多，所以容易被大家记住。而读过《东周列国》的人一定都会有类似感受就是，东周没有主线，它只有阶段性主线，东周更多就是靠历史时间的推进而展开剧情的，而且春秋战国时期本来就是诸侯割据，吞并和弑立新君的事情此起彼伏，所以读完后很难一下子梳理清楚。但是《东周列国志》非常耐读，而且里面出现的历史典故和重要人物层出不穷，所以《东周列国志》绝对是可以与四大古典名著比肩的优秀作品。

蕴含治国道理的小说

　　春秋末期，由于社会经济、政治和文化进一步发展，各诸侯国的阶级关系发生了根本变化。长期兼并战争的结果，改变了大国争霸的形势，出现了我国历史上的战国时期，以后又形成了秦、齐、楚、

燕、赵、魏、韩7个大国称雄的局面，史称"战国七雄"。

剧烈的统一战争自此开始，频繁的兼并战争，给人民带来了无穷的灾难和痛苦。作者通过人物命运的沉浮，形象地告诉人们，得民心者得天下。道义是对天意的阐发，天意就是民心。民心存，其政举，民心亡，其政息。这种人本主义的观点，是有进步意义的。

小说通过丰富而生动的故事情节，赞扬了从善如流、赏罚严明、胸怀大度的王侯和忠贞、有勇有谋的将相，也赞扬了那些见义勇为、机智果敢的豪侠。列国之中，上至君王，下至卿士，守信立身，不惜功名生命的事例，比比皆是。

程婴牺牲自己的儿子，救出赵氏孤儿，忍辱偷生，终于复国。豫让因智伯以国士待之，决意以国士报答，在智伯死后，几次为智伯复仇，就义之前，仍请求将智伯仇敌的衣服用剑斩过，以了心愿。

田光向燕太子丹举荐荆轲，图谋刺杀秦始皇，为守机密，自刎而死。当时的忠义之士，往往如此，千百年后仍使人感动敬慕。

勾践身负灭国之耻，心怀复国大志，他的刚强、勇毅，不计荣辱生死，克制私欲，礼贤下士，以非凡的耐力和恒心，10年生聚，10年教训，终于以少胜多，摧毁强敌，称霸天下。像这样反败为胜、变弱为强的事例，还见于晋文公重耳，吴大夫伍子胥等段落之中。

人生立志，应该放眼至高至远之处，当以造福苍生、泽及万世为念，这样的榜样有孔子、管仲、子产。他们的思想以仁爱为根本，他们拥有安定天下、惠及万民的志向，对真理永无止境地追求，引导君王走向内圣外王的正途，施行的政令，富民强国，成为后世政治参照的法则。

与这些正面人生形成鲜明对比的是，小说也塑造了一些昏聩、残暴、荒淫无耻的帝王、诸侯等统治者，和贪婪、奸诈、阴险的佞臣小人。作者对他们揭露与鞭挞的态度也自然而然地融入情节的进展之中。

春秋时期，最先强大起来的是郑庄公，小说里面把他描写成一个奸诈阴险的小人，因此历史地位并不高。

郑庄之后有齐桓公，齐桓公小白得鲍叔牙的帮助，击败管仲

辅助的公子纠，从而成为齐桓公，后又任管仲为相，因其任人唯信，兼听纳谏，又得管仲、鲍叔牙之大才，很快就雄霸天下。

但其结局悲惨，困死宫中，死后各子相争数岁不休，齐国也因此渐渐失去了霸主之位。

齐桓公之后，重耳续伯，自深得民心的申生死后，年轻时的晋文公重耳便多有磨难，30岁上逃走天涯，先后流走齐、楚、秦等无数国家，取齐女秦女为妻。只因一帮志同道合如介子推等人的帮助方幸而得生。

秦公三平晋乱，最终还是把他推上了晋国国君的宝座，老来得国的重耳继承齐桓公的霸业，兢兢业业把国家治理得无比强大。"不飞则已，一飞冲天，不鸣则已，鸣必惊人"的楚之大鸟，因国乱而三年隐若之后果如他之言，一下飞上了乱世春秋的高空，成为一方霸主，这就是缔造了绝缨大宴的楚庄王。

而后的楚平王昏庸，竟占儿媳为己有，又听谗言，欲死太子以绝后患，因而牢伍奢，诱杀其子，幸得伍员逃得一生，一夜间愁发皆白之后逃离楚国，后落根于吴，也因他的再生，几使楚丘和越国覆灭于吴国之手。

这个有着太多传奇的伍子胥，叩开了吴越春秋的大门，吴王阖闾之后，伍子胥荐夫差而得王，然而夫差不听子胥忠言，放回已困多年的越王勾践夫妇，最终导致吴国灭于这个重生后兢兢业业，一心为复仇而卧薪尝胆的人手里。

紧接着晋国三分天下为韩、赵、魏。大概春秋时期的历史就到此了，之后的战国史，小说写得相对简单得多，也没有像赵氏孤儿那样纷繁复杂的故事。

《东周列国志》描写战国部分虽然不比春秋部分那么庞大，但也十分精彩，卫鞅入秦变法，西门豹、吴起的故事等，但给读者记忆深刻的当数孙膑、庞涓、苏秦、张仪等人，四人皆是鬼谷子的弟子，孙膑、庞涓学兵法，苏秦、张仪习游说。

孙膑后为庞涓所害，几死于魏，佯疯才得脱归齐国，后马陵道万箭射死庞涓。苏秦游说六国联合抗击秦国，就是历史上著名的合纵，张仪助秦，后几次破苏秦的合纵之谋。两人皆为游说之士。小说中，他们算不得什么伟大人物。

苏秦先一贫如洗，后因游说而富贵还家，按小说的观点，其是为了自己而行游说之事，全不顾国家以后的发展，尤其在他后面的日子尤为明显，结局悲惨自不必说。

苏秦张仪之后，多出如孟尝君、信陵君、平原君这样的好客之士，在他们门下，养士多达数千人，但所养之士也多无用，不能为国出谋划策，也不能为之身死。

当然蔺相如、廉颇这样的大将之才也是有的,白起长平一战坑杀赵卒40万余。再后期,秦王翦、赵李牧等出现,王翦是秦并吞六国的主力统帅,兵越千里,战功显著。

纵观东周几百年,无外乎一个"乱"字,乱世春秋,父子相残、兄弟相争、父夺子爱,子通其母、兄妹相通等并不足为奇。

春秋时期,多有谋国之能臣如管仲、百里奚、赵盾等,也多有谋国之君如郑庄公、齐桓公、楚庄王等,但之后,谋国之君和谋国之臣越来越少,多出将才而无相才者,再之后,只剩家养士人的君子,当然如信陵君这些也堪为国才,但所养之士少有用者。

再之后,仅剩将领之才了。将领之后就只剩贪赃枉法、卖国卖家的郭开之流,惟秦王政为治国之君,任人唯贤。下面也有一帮如王翦、李斯等的能臣,也难怪秦能并吞六国而统一天下。

拓展阅读

《东周列国志》中蕴含着诸多的天命意识。天命意识在我国古代有着悠久的历史。当时由于生产力低下,人类知识能力有限,故将很多无能为力的事情归于上天,所以很早就有了"受命于天"的说法。

在《东周列国志》中,也体现着这一思想。在作品第一回,作者写周宣王准备再次讨伐姜戎,在市上闻童谣:"月将升,日将没,靥弧箕箙,几亡周国。"后褒姒蛊惑君心,欺辱嫡母,害得周幽王国破家亡,印证了童谣,作者也认为"天数已定宣王之时也"。

儒林外史

　　《儒林外史》是由清代小说家吴敬梓创作的章回体长篇小说。全书共56回，47万字，描写了近200个人物。小说假托明代，实际反映的是清代康熙乾隆时期科举制度下读书人的功名和生活，是一部以知识分子为主要描写对象的长篇小说。

　　《儒林外史》具有悲喜交融的美学风格，真实地展示出了讽刺对象中戚谐组合、悲喜交织的二重结构，显示出滑稽的现实背后隐藏着的悲剧性内蕴，从而给读者以双重的审美感受，是我国古代讽刺文学的典范。

喜剧意味的讽刺小说

1710年的清代，吴敬梓出生在一个官僚家庭。吴敬梓到了13岁的时候母亲去世了，14岁的他随父吴霖起至赣榆任所。在父亲的督促下，吴敬梓不倦地学习着，他"读书才过目，辄能背诵"，开始显露出文学才华。

吴敬梓的家庭与环境，使他窥见了八股文写作的门径，他深切渴望有朝一日能在科场上大显身手。1722年，吴霖起因病辞官，吴敬梓陪送父亲从赣榆返回故里，但吴霖起终于一病不起。

吴敬梓23岁时高中秀才，也就是在这年，父吴霖起病故。从此吴敬梓的生活发生了

根本的变化。先是族人们倚仗人多势众，提出了分家的要求。在一场争夺遗产的内战中，孤立无援的吴敬梓终以失败告终，留给他的资财寥寥无几。

分家之后，吴敬梓的病弱的妻子陶氏也因不甘忍受族人的欺凌，饮恨而死。他对人生、社会的看法也由此发生了变化。

吴敬梓从小慷慨好施，不到10年就把家产荡尽，开始了穷困潦倒的生涯，这时，他在科举道路上也很不得意。考取秀才以后，一直没有中举。

1729年，吴敬梓到滁州去应科考，由于"文章大好人大怪"，他有被黜落的危险，幸亏后来遇到一位姓李的学政，才破格加以录取。到了秋季，他参加乡试，却又名落孙山。这件事使他对科举制度的本质有了更深刻的认识和体验。

科举考试上的失败，亲友故交或拒之门外，或避于路途，于是，在1733年，他33岁时，怀着忿懑的心情，同他新娶的续弦夫人叶氏自

全椒移居南京秦淮水亭。

在南京的日子里，吴敬梓结识了当时许多著名学者、文人，甚至还与道士、艺人频相往来。特别是他还从程廷祚、樊圣谟等朋友中，接触到清初进步的哲学思想，这都为他后来写作《儒林外史》提供了不少素材，也得到了思想艺术构思上的哲理启示。

1736年，吴敬梓36岁时，安徽巡抚赵国麟行文举荐他到北京应"博学鸿词"科的考试，他以病辞。开始时他还有些后悔，后来看到堂兄吴檠、友人程廷祚落选而归，却又感到庆幸，从此他不再应考，再一次用实际行动对科举制度作出否定。与此同时，他开始了《儒林外史》的创作。

几经波折，吴敬梓对科举制度的弊端有了深刻认识，再不应乡试，也放弃了"诸生籍"，不愿再走科举仕进的道路，唱出了"恩不甚兮轻绝，休说功名"的心声，甘愿以素约贫困的生活终老。

吴敬梓的生活陷入困境，常典当度日，甚至断炊挨饿。由富贵跌到贫困的逆境里，他备尝了人情冷暖、世态炎凉，对社会有了更清醒、冷峻的观察和认识。他逐渐看到了官僚的徇私舞弊，豪绅的武断乡曲，膏粱子弟的平庸昏聩，利欲熏心，名士的附庸风雅和清客们的招摇撞骗，以及他们翻手为云覆手为雨的卑污灵魂和丑恶嘴脸。

这一切都使吴敬梓很自然地产生愤世嫉俗的感情。他的愤激之情，甚至达到了"嫉时文士如仇"的地步。生活的巨变，也为他开拓了与下层人民接触的机会，使他有可能看到底层人民的一些优秀品质，这无疑对他的思想产生了深远影响。

艰难的生活并没有使吴敬梓屈服，在1751年，当乾隆首次南巡，在南京举行征召许多文人迎銮献诗时，吴敬梓却没有去应试，而是像东汉狂士向栩一样"企脚高卧"。

吴敬梓生活的最后几年，常从南京到扬州访友求助，常诵"人生只合扬州死"的诗句。不幸言中，1754年，吴敬梓在扬州与朋友欢聚之后，溘然而逝，结束了他坎坷磊落的一生。

后来，根据程晋芳《怀人诗》中"外史纪儒林，刻画何工妍。吾为斯人悲，竟以稗说传"的记录，知道《儒林外史》最晚在他49岁时已经完成。此后数年，他还在不断修改，但主要精力已转向学术研究。

《儒林外史》所写人物，大都实有其人。吴敬梓取材于现实士林，人物原型多为周围的亲友、相识相知者。如杜慎卿、马纯上、虞育德、庄绍光、迟衡山和牛布衣等。

杜少卿则是作者的自况，他的主要事迹与吴敬梓基本相同，而且是按照生活中原有的时间顺序安排的，如杜少卿在父亲去世后的"平居豪举"，借病不参加

博学鸿词的廷试、祭泰伯祠等。

　　作者在生活原型的基础上撷取适当的素材，通过想象虚构，加以典型化，取得了很大成功。《儒林外史》是饱含著作者的血泪、熔铸着亲身的生活体验，带有强烈的作家个性的作品。

　　《儒林外史》是我国文学史上一部杰出的现实主义的长篇讽刺小说。全书故事情节虽没有一个主干，但有一个中心贯穿其间，就是反对科举制度和封建礼教的毒害，讽刺因热衷功名富贵而造成的极端虚伪、恶劣的社会风习。

　　这样的思想内容，是以准确、生动、洗练的白话语言，栩栩如生的人物形象塑造，优美细腻的景物描写，出色的讽刺手法等艺术手段表现的，特别是喜剧艺术的表现获得了巨大的成功。美学的喜剧，就在于它的喜，是和笑形影相随的。

　　以美写丑的和以美写美的滑稽美。崇高与滑稽、美和丑，都是相联系而存在的。在吴敬梓的笔下，表现了滑稽美，也表现了滑稽丑；用艺术表现的滑稽美，肯定了正面人物的滑稽性，否定了反面人物的丑恶性。

《儒林外史》创作于清初以"八股文"取士制度对社会的毒害愈来愈深时期，其艺术价值有两方面，再现封建科举制度下各类被讽刺的文士面貌，深刻抨击这个制度的弊害。如贪官污吏汤知县、王惠和土豪劣绅，便是醉心科举、装满八股的皮囊。"斗方名士"牛玉圃、景兰江等，趋炎附势，也是这种制度下产生的怪物。

通过上述的人物，反映出封建社会后期吏治腐败，道德败坏和封建礼教的虚伪、残酷。

通过刻画一批正面人物形象，表现作者美的理想。书中有反对科举、蔑视功名的清高正直的知识分子，如王冕、杜少卿、沈琼枝等；又有4个"市井奇人"季遐中、王太、盖宽、荆元，靠自己的手艺自食其力，以琴棋诗画自娱，过着颇有艺术风味的独立生活。在上述人物身上，虽反映了当时时代思潮中新的先进因素，但终究越不出传统儒家的思想范围。

在吴敬梓的心目中，孝就是一种善，一种美。但在描写时，他采取异乎寻常的方式，构成一种滑稽美。写王冕每逢春光明媚的时节，就戴上自己做的一顶极高的帽子，身穿宽大的衣服，手中拿着鞭子，嘴里唱着歌，驾着牛车，载着母亲到处游玩，惹得三五成群的小孩跟在后面笑，他却毫不介意。

王冕的这种特殊的帽子，特殊的服装，特殊的行动方式，就必然在当时的环境中形成特殊的印象，与常人的一般心理状态形成了差别，在这种正面人物身上，就形成了以美写美的滑稽美。

以惯性的突变，造成偶然性，形成了人与环境不协调的艺术美。《儒林外史》第十回写蘧公孙结婚时大摆酒席，正在觥筹交错，众宾欢乐之际，突然"乒乓"一声，从屋梁上掉下一个东西来，不左不右、不上不下、端端正正地掉在燕窝碗里，原来是梁上走滑了脚的一只老鼠。它将碗打翻，泼了一桌子菜，又跳到新郎官身上，把崭新的衣服都搞油了。

此时，一个厨役在端菜上桌，由于抬头看戏，走了神，忘其所以，把盘子里的粉汤和碗一齐打在地上。恰好两只狗赶上来吃，他又急又气，一只脚向狗踢去。想不到用力太猛，狗未踢着，倒把一只鞋踢脱了。

鞋踢起有丈把高，的溜溜地滚到一桌宴席上，把一盘猪肉心的烧卖和一盘鹅油白糖蒸的饺儿以及一大碗素粉八宝攒汤打得稀巴烂，把一个正在伸着筷子到嘴边的陈和甫吓了一大跳。

这些情景，不管是走滑脚的老鼠，还是新婚的蘧公孙，不管是端菜的厨役，还是宴席上的客人，都是无法料到的，但它们不先不后地闯了起来，因而造成了气氛的突变，打破了正常的平静，引起了环境的遽变，从而产生了人和环境的不协调，这就形成了滑稽，引起人们

情不自禁地发笑。

喜剧作为一种特殊的审美范畴，有着不同一般的意义。喜剧绝不是指庸俗肤浅的"噱头"、逗乐，正如清代戏剧家李渔说，喜剧"于嬉笑诙谐中包含大文章"。

喜剧的审美效果是笑，它是在欣赏者生理上的集中反映，和喜悦的心理相联系，具有深刻的社会内容。喜剧是对社会生活矛盾的特殊反映，它使人在大笑之后感到一种震撼，继而引起对人生、对社会的严肃思考，并从中悟出某种哲理。

例如，在《儒林外史》中，作者以讽刺的笔调，描绘了贪官污吏、劣绅恶棍、腐儒蠢禄的丑恶形象，他们是可笑的、卑鄙的。读者看后在笑声中而引起深思，对封建社会的落后愚昧的状态感受到重重苦涩。

喜剧"寓庄于谐"，在惩恶扬善方面，有着十分有效的道德力量。喜剧性的审美意义在于它能让人在笑声中看到旧世界、旧事物内

在的空虚和无价值，同时也增强追求美的愿望。

笑的批判是一种居高临下的批判，比一般批判更有道德作用：一方面它像一把手术刀，帮助沾有恶习的人剜去思想毒瘤；另一方面喜剧又像一支预防针，让健康人增强免疫力。

用夸饰手段，突出地表现艺术形象的特性。《儒林外史》中，为了表现滑稽，就采取过夸大的手法，又采取过缩小的手法。

第六回写严监生临死不肯咽气，老是伸出两个指头，众家人不知其意，只有他小老婆懂他心思，原是灯盏里点了两根灯草，怕费了油。所以等他小老婆挑掉一根后，严监生点了点头，立即断了气。

土财主因怕费油而不肯咽气显然是夸张之笔。但这种夸张只是限于怕多点一根灯草，因而乃是一种缩小写法，入木三分地揭露了土财主的吝啬。

第三十八回写郭孝子万里寻父，深山遇虎，一跤跌倒在地，不省人事。老虎却不吃他，用鼻孔对着郭孝子脸上闻，不料老虎的一根胡须戳进郭孝子鼻孔里去，戳出一个大喷嚏来，把老虎吓了一大跳，忙转身跑了，跌到深涧中摔死。

这种描写，显然是一种夸大，它几乎达到荒诞的程度，给人以异

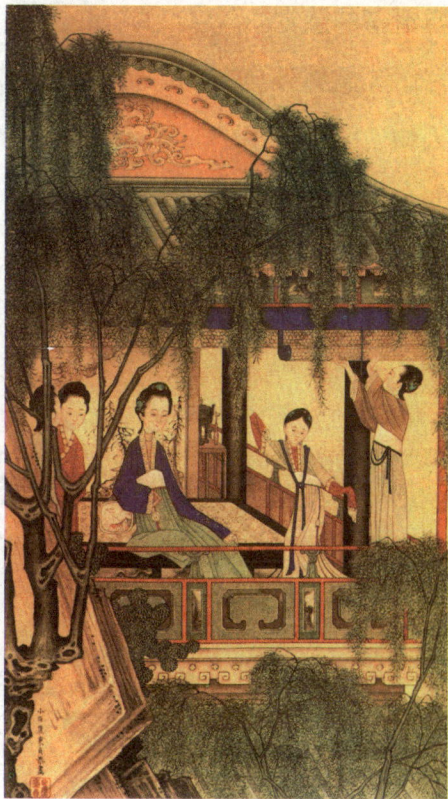

常滑稽的感觉。

《儒林外史》的夸饰语言洗练而富于形象性，常以三言两语，使人物"穷形尽相"。如第二回中写夏总甲：

> 两只红眼边，一副锅铁脸，几根黄胡子，歪戴着瓦楞帽，身上青布衣服就如油篓一般，手里拿着一根赶驴的鞭子，走进门来；和众人拱一拱手，一屁股就坐在上席。

这样，一个自高自大的小土豪形象就活现在面前，贴切而自然。这种"夸饰"手法，描写了荒诞的或奇特的人物、事物，产生了笑的效果，给人一种滑稽的美感。

真实性与喜剧性的结合。《儒林外史》通过精确的白描，写出"常见"、"公然"、"不足为奇"的人事的矛盾、不和谐，显示其蕴含的意义。作家"秉持公心，指摘时弊"，以客观的态度去处理事物，不以主观偏见去阉割对象的丰富内容。

它不因显露描写对象的喜剧性特征、突出它们可笑的一面，而忽视对象的客观整体内容。因而使人物既可笑，又真实；使讽刺既辛辣，又深刻。

书中人物有原型，许多人情世态都是当时一些社会现象，作者将其归纳、整理，以客观的态度去处理事物，真实

地、生动地描绘出儒林中可笑、可恶的情态。

如匡超人就是一个典型。他本是一个善良淳朴农村青年。因家贫上过几年学便辍学了，流落杭州以拆字卖卜为生。幸好马二先生资助才能一面读书一面杀猪、磨豆腐维持生计养活父母。但自从听了马二先进的"训导"之后，还渐痴迷举业，后来入科场，取秀才，以"名士"身份参与衙门中营私舞弊敲诈勒索。

入京后不但不思悔改而且越演越烈，停妻再娶，忘恩负义，而恬不知耻地说："戏文上的莹状元招敖中相府，为佳话，这又何妨？"

这种真实地描写，揭示了科举制度怎样使朴实敦厚的青年人变成丑恶、卑鄙的文痞子。

还例如胡屠户。胡屠户虽然居于下层，但生有一副势利眼。他女婿范进想参加考试，他一口啐在范进脸上，骂范进"癞蛤蟆想吃天鹅肉"，说什么"中举的人都是天上的文曲星"，奚落范进尖嘴猴腮。

等到范进中举、欢喜成疯后，众人为胡屠户出主意，叫他猛打范进一巴掌，就可治好范进的疯病，胡屠户却又说，他女婿如今做了老爷，就是天上的星宿，是打不得的！

当范进狂叫"中了！中了！"时，胡屠户终于凶神似的走到跟前，说道："该死的畜生！你中什么！"

一个嘴巴打将去。众人和邻居见这模样，忍不住地笑。果然这一打就把范进打好了。这时，范进回家走在前面，胡屠户走在后面，见女婿衣裳后襟滚皱了许多，一路低着头替他扯了几十回。

范进中举前，胡屠户对他讥讽蔑视；范进中举后，胡屠户对他媚态可掬，表现了胡屠户对待同一对象的先后不同态度。这种自己捆自己耳光的行径，显示出一副滑稽丑，而引人发笑。

总之，《儒林外史》运用把相互矛盾的事物放在一起，突出它不合理的讽刺手法，讽刺艺术不仅分寸掌握恰当，而且能将矛头直接指向罪恶的社会制度，体现了现实主义讽刺艺术的高度成就。

拓展阅读

《儒林外史》成书后，开始仅以抄本流传。第一个刻本是作者死后10多年，由金兆燕在扬州任官期间刻的，但是此刻本至今尚未发现。现存最早的刻本是1803年的卧闲草堂本，共56回，最末一回与全书的主题思想和写作风格大不相同，显然不是出于吴敬梓之手。

1874年，出现了齐省堂增订本，从回目、文字到回评，都有不同程度的改动。至1888年，又有东武惜红生序本，即增补齐省堂本，另外插入4回，共为60回。这4回中掺进沈琼枝和宋为富婚后的故事，也是后来好事之徒所妄加的。

1949年后几次出版的《儒林外史》，基本上是根据卧闲草堂本为底本，删去第五十六回，保留最后的《沁园春》词为结束。

儒林外史的艺术成就

　　《儒林外史》中运用的讽刺手法主要有不动声色、自相对比、反差相形、自行呈露、制造闹剧等。作者具体问题具体对待，牢牢把握住讽刺的尺度，对不同的人用不同的讽刺方式。

　　例如汤知县请正在居丧的范进吃饭，范进先是"退前缩后"地坚决不肯用银镶杯箸。汤知县赶忙叫人换了一个瓷杯，一双象箸，他还是不肯，直至换了一双白颜色竹箸来，"方才罢了"。

　　汤知县见他居丧如此尽礼，正着急想倘若他不吃酒肉，那不就等于没有吃这次饭吗？但是，忽然看见范进在燕窝碗里拣了一个大虾元子送在嘴里，心才安下来。这一段描写无一贬词，而情伪毕露。此处就是出色地运

用了自行呈露的方法。

朴实的描写风格。古代小说人物的肖像描写往往是脸谱化的，如"面如冠玉，唇若涂脂"，"虎背熊腰，体格魁梧"等。《儒林外史》掀掉了脸谱，代之以真实的细致的描写，揭示出人物的性格。

自然景物的描写。《儒林外史》也舍弃了章回小说长期沿袭的模式化、骈俪化的韵语，运用口语化的散文，对客观景物作精确的、不落俗套的描写。如第三十三回，杜少卿和几位好友在江边亭中烹茶闲话，凭窗看江，描写道："太阳落了下去，返照着几千根桅杆半截通红。"

第四十一回，杜少卿留朋友在河房看月，写道："那新月已从河底下斜挂一钩，渐渐地照过桥来"。这些描写都似随手拈来，自然真切，富有艺术美。

独特的结构形式。《儒林外史》是有着思想家气质的文化小说，有着高雅品位的艺术精品。它与通俗小说有不同的文体特征，因而其叙事方法也发生了明显的变化。

我国长篇小说传统的结构方式，是由少数主要人物和基本情节为轴心，构成一个首尾连贯的故事格局。而《儒林外史》把几代知识分子放在长达百年的历史背景中去描写，以心理的流动串联生活经验，创造了一种全书无主干，按照人物来去描写事件的独特形式。

《儒林外史》冲破了传统通俗小说靠紧张的情节互相勾连、前后推进的通常模式，按生活的原貌描绘生活，写出生活本身的自然形态。作者根据亲身经历和生活经验，对百年知识分子的厄运进行思考，以此为线索把"片断的叙述"贯穿在一起，构成了《儒林外史》的整体结构。

我国古代小说多以传奇故事为题材，可以说都是传奇型的。至明代中叶，从《金瓶梅》开始，才以凡人为主角，描写世俗生活。而真正完成这种转变的，则是《儒林外史》。它既没有惊心动魄的传奇色彩，也没有情意绵绵的动人故事，而是当时随处可见的日常生活和人的精神状态。

《儒林外史》全书写了270多人，除士林中各色人物外，还把高人隐士、医卜星相，娼妓狎客等三教九流人物推上舞台，从而展示了一幅幅社会风俗画。

《儒林外史》摆脱了传统小说的传奇性，淡化了故事情节，也不靠激烈的矛盾冲突来刻画人物，而是尊重客观地再现，用寻常细事，通过精细的白描来再现生活，塑造人物。例如"马二先生游西湖"，没有惊奇的情节，没有矛盾冲突，只是按照马二先生游西湖的路线，所见所闻，淡淡地写去。

另外，《儒林外史》还表达了一种乐道安贫淡泊名利，厌弃功名追求自由的思想精髓。《儒林外史》中的正面人物其基本品质就是讲究"文行出处"，厌弃"功名富贵"。"出"

则德世济民，"处"则独善其身。而在重科举的社会环境里，志士才人既不能施展抱负，"处"就成了他们洁身自好、乐道安贫的唯一对策。"处"实际上就是《儒林外史》正面形象的基本品质。

《儒林外史》中，开宗明义就写了一个王冕，他小时放牛为生，刻苦自学，得以精通学问，而且成为名画家，但他不求官爵，卖画过活。县令具帖邀请，他坚辞不往；屈尊来拜，他也避而不见，甚至因此远走他乡。

《儒林外史》中，资本主义生产关系萌芽而引发的自由、平等、个性解放的近代民主观念，也一定程度上引导作者朦胧地趋向未来，向往未来的健康追求，自觉不自觉地使笔下的某些人物闪射出近代民主思想的光辉。

拓展阅读

《儒林外史》成书后，开始仅以抄本流传。第一个刻本是作者死后10多年，由金兆燕在扬州任官期间刻的，但是此刻本至今尚未发现。现存最早的刻本是1803年的卧闲草堂本，共56回，最末一回与全书的主题思想和写作风格大不相同，显然不是出于吴敬梓之手。

1874年，出现了齐省堂增订本，从回目、文字到回评，都有不同程度的改动。至1888年，又有东武惜红生序本，即增补齐省堂本，另外插入4回，共为60回。这4回中掺进沈琼枝和宋为富婚后的故事，也是后来好事之徒所妄加的。

1949年后几次出版的《儒林外史》，基本上是根据卧闲草堂本为底本，删去第五十六回，保留最后的《沁园春》词为结束。

三侠五义

《三侠五义》是古典长篇侠义公案小说经典之作，作者清代石玉昆。此书是我国第一部具有真正意义的武侠小说，堪称中国武侠小说的开山鼻祖，是侠义派小说的代表之作。

《三侠五义》绘声状物，保留了宋元以来说书艺术的生动活泼、直接明快、口语化的特点，刻画人物、描写环境，能与情节的发展密切结合。特别是对侠客义士的描绘，各具特色，多有性格，富于世俗生活气息，对我国评书曲艺、武侠小说乃至文学艺术影响深远。

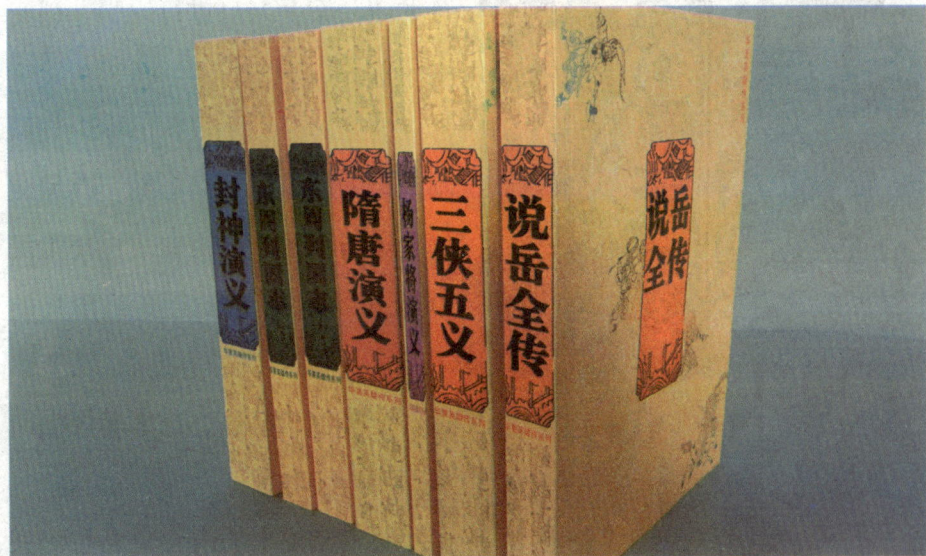

说唱内容汇成侠义小说

在清代道光、咸丰年间，有一个人名叫石玉昆，他以自弹自唱西城子弟书，即西调闻名于世。他不仅弹唱俱佳，而且还编写长篇评书《龙图公案》亲自进行说唱，很受市民欢迎。

《龙图公案》根据旧本中五鼠闹东京的故事，别出心裁，改编成侠义英雄白玉堂等人辅佐包拯为民申冤办案，并且平定藩王作乱的故事。其中人物描写细腻，情节曲折，富有生活气息，这部书说唱曲词，现存50余种。

石玉昆说书的内容由当时的文

人笔录下来，称为《龙图耳录》。后来到了光绪初年，北京隆福寺街的聚珍堂书店将《龙图耳录》经过整理、抄录和改编，编成一部120回的《忠烈侠义传》，又名《三侠五义》。

《三侠五义》加起来是"三才五行八卦九宫"。北侠占天时，双侠占地利，南侠占人和，此为"三才"。"五鼠"为金、木、水、火、土"五行"。"三侠"与"五义"合起来为"八卦"，其中"双侠"是哥俩，共为九人，正合"九宫"。

在我国古汉语中"三"、"五"等数，既可表示基数，就是表示确数的数目，如"三纲五常"、"三皇五帝"、"三坟五典"等，又可表示虚数，即用定数来表示夸大、缩小、或不定的数目，如"三令五申"等。

从基数的概念来看，三侠是南侠、北侠、丁氏双侠，丁氏双侠看成一个整体，五义是五鼠。从虚数的涵义来理解，"三侠五义"就是许多侠义的意思。

《三侠五义》叙写北宋包拯在众位侠义之士的帮助下，审奇案、平冤狱以及众侠义除暴安良、行侠仗义的故事。书中塑造了一位铁面无私、不畏权势的清官形象，充分地体现了底层人民的愿望。

其中包公平冤狱、"铡庞昱"、"除藩王"等情节，在一定程度上表现了一种斗争精神。书中穿插了大量侠客们路见不平、拔刀相助的

正义行为，表现出他们侠之大者、为国为民的本质。

《三侠五义》的出现，开创了公案小说与侠义小说的合流，小说前面讲述北宋仁宗年间，包公出世，赴任定远县、执掌开封府，奉皇命到陈州放粮赈灾，公孙策设计要来御赐刑具三口铜铡，安乐侯庞煜派人刺杀包公，南侠展昭暗中保护帮助包公，使包公得以刀铡国舅，除暴安良。

随后，包公又查清了多年前的皇宫冤案"狸猫换太子"案，使仁宗与李娘娘母子两人得以团聚。南侠展昭因多次救包公，阅武楼献艺被皇帝封为"御猫"，引发五鼠闹东京的故事。

后来，五义同归朝廷供职开封府，其中间穿插韩彰蒋平等人捉拿采花贼花蝴蝶的故事、包公的门生倪继祖在北侠欧阳春、黑妖狐智化、小侠艾虎等人的帮助下铲除霸王庄恶霸马强的故事。后面主要讲述包公的门生颜查散和白玉堂等人，治理洪泽湖水患、收复军山、剪除襄阳王赵爵等诛强锄暴的故事。

包拯在历史上有其人，仁宗时曾官监察御史、枢密副使等职，以大臣知开封府事时，以刚正不阿著称。而《三侠五义》中的包拯形象，集民间包公形象之大成，使包拯不畏强暴、刚正嫉恶、处事干练的形象最为饱满、得以更广泛地流传。

特别是小说中详细增加了包公的身世、开封府三宝，即古今盆、阴阳镜、游仙枕的由来、三口铜铡的由来，开封四勇士，即王朝、马汉、张龙、赵虎的来历，开封师爷公孙策的来历，展昭、白玉堂等人的来历等内容，及其大量包公断案和侠义之士游行乡里除暴安良、为国为民的故事，把包公形象推向顶峰。

小说不仅弘扬了人间正气，并且把侠客义士的除暴安良行为与保护清官、协助清官断案完美地结合起来，从而表现了宣扬忠义、维护社会秩序、为国为民的思想。侠客们协助清官，与邪恶势力对立，仗义除暴，为民申冤，反映了基层人民群众的思想和愿望。

《三侠五义》是用生动的口语写成的，书中对人物的心理很少着笔，而以对话和行动为主。虽然线条较粗，但人物性格鲜明，如展昭之优雅大度，白玉堂之傲气十足，艾虎之勇敢而带有稚气，各人自有特点。

《三侠五义》故事情节富于波折而又脉络清楚，书中除前二十七回中有一些梦兆冤魂的情节外，其余并不带神怪妖异的成分，这在当时同类小说中也是难得的。这些特点，使得它在文化层次较低的读者群中受到广泛的欢迎，并为一些学者文人

所喜好。

《三侠五义》中所描写的侠客，如白玉堂、展昭、欧阳春、蒋平等，他们的脾气和行径，虽然各有不同，但都具有扶危济困，剪恶除强的品质。

例如白玉堂夜盗苗秀的不义之财，周济鳏寡孤独。欧阳春单人匹马，直闯马强贼窝，解救受害者。蒋平、韩彰看见流氓四处作案，便紧紧咬住不放，冒着很大的风险，围歼凶徒。连小侠艾虎也晓得路见不平，拔刀相助，挺身帮助绿鸭滩的渔户打退歹徒。

显然，侠义们打击的主要对象是对百姓的压迫者和剥削者。他们的行动，总的来说是正义的，也是人民对于社会公平的渴望。所以，《三侠五义》中刻画的那些行侠仗义、除暴安良、纵横天下、笑傲江湖的侠客义士，也就成了无数国人企慕、效仿的对象。

拓展阅读

晚清鸿儒俞樾先生称赏《三侠五义》其酣恣淋漓而又点染细腻的文笔，叹道："如此笔墨，方许作平话小说；如此平话小说，方算得天地间另是一种笔墨。"

鲁迅先生曾赞叹小说中那些智勇双全、志薄云天的侠客义士："独于草野豪杰，辄奕奕有神，间或衬以世态，杂以诙谐，亦每令莽夫分外生色。"《三侠五义》是清代公案侠义小说的代表作品。

情节奇巧的武侠故事

　　《三侠五义》受百姓的喜爱其原因是多方面的，既有故事新颖独特、人物形象鲜明，也有语言通俗生动等方面的原因。其中情节艺术是不可忽视的一个方面，特别是情节的变幻多端、离奇惊险和悬念迭出，是小说引人入胜、经久不衰的重要原因。

　　这是一部以惊险性为主，辅以奇巧性，兼以现实性，并融以公案、侠义、传奇、灵怪、人情于一炉的，能满足不同文化层次人群的审美趣味的作品。

　　情节之险。《三侠五义》情节艺术的审美特征之一，就在于它具有强烈的惊险性。惊心动魄的故事情节是此书吸引读者、满足人们紧张的心理体验的重要因素。

　　在小说中，许多侠义之士又常剪恶除奸，救人于危难，身处险地，面临着生与死的较量和抉择。所有这些，都大大增强了故事的惊险程度和刺激性。情节是"某种性格、典型成长和构成的历史"。

　　《三侠五义》不是为情节而情节的，因为小说从根本上来说是要写人，曲折离奇的故事情节是为写人服务的。《三侠五义》情节的惊险更多的是通过那些处在危机险恶境遇中的人物形象呈现出来的。

《三侠五义》中众多人物命运都曾在生与死的"鬼门关"徘徊过，这是促使此书情节惊险的人物性格依据。以贯穿全书的3个清官形象包公、颜查散和倪继祖而论，包公从一出生就面临着居心不良的二哥二嫂扼死的危险，幸存到9岁，又几乎被毒死，后又被骗入枯井中几乎困死。

后来，包公长大成人后，在赶考途中在金龙寺遇见凶僧；获得官职后，在土龙岗遭遇劫持，天昌镇遇到刺客。而后，因杀安乐侯庞昱，得罪其父当朝太师，险被报复致死。

总之，包公从出生到荣任宰相前，生命总是处于危险的境地，而故事情节随着这一人物命运的变化而呈现出惊险的特征。

书中的第二个清官颜查散，此人遭遇也大致如此。在小说的第三十二回至第三十九回，写颜查散投靠岳父柳洪备考就亲，不料柳洪夫妇嫌贫赖婚并设计退婚。

　　小姐柳金蝉乳母田氏偷听到他们密谋并报告了金蝉,丫环绣红奉命寄谏约颜生相会,欲赠私蓄。不想冯氏的侄儿冯君衡偷走字柬并杀死丫环。颜生受冤寄监,幸亏白玉堂竭力相救,赴开封府寄柬留刀,包公明察秋毫使冤案得以昭雪。

　　这段故事可谓波澜起伏,变幻莫测,情节曲折而充满着惊险性。冤案平反后,考中状元,升任巡按,被派到虎狼之地襄阳府出巡,对手是雄踞一方的襄阳王赵爵,派人将他的官印盗走,并把它抛在洞庭湖中,又使他陷入困境之中。

　　第三个清官倪继祖的命运就更加坎坷了。在他未出生前,父亲误入贼船从而被杀,母亲得人帮助逃生后,把他生在荒郊野外,幸而被一好心老汉收留后抚养成人。

　　在长大成人获得官职之后,为了探访霸王庄内幕,被恶霸马强囚禁在地牢,生命一度处在危急的状态。被侠士欧阳春等营救出来后,又被诬陷为勾结大盗抢夺马家珠宝,免官待罪,智化盗冠栽赃扳倒马朝贤后,才得以昭雪。

　　至于书中的侠义人物展昭、欧阳春、白玉堂等人,更是与险恶的境遇结下了不解之缘。在故事发展的过程中,作者把这些侠士们置于激烈的矛盾冲突中展现他们除暴安良、不畏生死的英雄本色,情节上呈现出惊心动魄、扣人心弦的艺术魅力。

　　在《三侠五义》的第六十七回、第八十五回、第一百零五回中,这些侠义之士所经历的惊心动魄的情节,有多次冒险营救包公,有清官以及蒙冤受难的平民百姓于危难之际,有五鼠闹东京,有白玉堂泗水治水怪,还有白玉堂上冲霄楼等。

　　所有这些情节,无不悬念迭生,险象环生,使读者在心理上激起

一种惊险美感。

　　《三侠五义》情节安排本身就具备跌宕起伏、亦惊亦险、错综变幻的特征。如小说的第二十三回至第二十七回共写了4个故事。一是范仲禹夫妇死而复生，散而复聚；二是兴隆木厂主屈申因贪杯被害，后又死而复生；三是道士苦修撬棺盗宝；四是包公奉诏查访新科状元兼理抢妇杀夫、图财害命及撬棺盗宝等案。

　　四个故事各有其主人公、头绪，其情节也是跌宕起伏、变幻惊险，但这4个故事又彼此相连，一环套一环，一案套一案，形成一个连而不死、错而不乱的整体，扑朔迷离，疑窦丛生，具有现代小说的复杂性。这同由人际关系异常复杂艰险、社会矛盾特别尖锐所造成的惊险的社会环境相关。

　　《三侠五义》还描写了一些人与自然斗争的惊险场面，进一步丰富充实了这部小说的惊险色彩。如展昭为探访捉拿白玉堂而落入陷空岛时的地险，白玉堂随颜查散视察泛滥的泗水，蒋平逆水寒泉捞印、智化等潜入钟雄水寨时的水险等，都写得阴森森的，令人心惊。

作者善于将复杂的社会环境与险恶的自然环境紧密地结合起来，以表现他们超常的勇气和胆量，显示出强大的威力。

情节之奇。小说之"奇"离不开情节安排之"奇"，情节曲折生动、富有表现力，才能引起读者的兴趣。《三侠五义》的情节奇巧曲折，具有很强的故事性，也就是说情节极富变化，有"戏"可看，这是《三侠五义》情节结构的基本模式。

《三侠五义》在有限的篇幅中最大限度地满足了情节的曲折变化，腾挪跌宕，使小说的矛盾冲突始终在一系列波澜层叠、出人意料的情节中充满张力地向前发展。可以说，《三侠五义》的作者创造了清代侠义公案小说最为缜密、也最为奇巧的故事情节。

在小说中，作者所营造的故事情节往往给人以新奇感。最为突出的在第十回。买猪首书生遭横祸一案中插入好几件事，使得故事情节

奇巧曲折，书生韩瑞龙与娘亲韩文氏相依为命，偶尔发现床底埋有满满一箱金银。

韩瑞龙欢喜不已，就欲祭礼，然后就去买三牲。清早至郑屠铺前，买得一个用垫布包好的猪首。岂知布中猪首是一颗血淋淋的女子人头，韩瑞龙当场被公差抓捕回县衙。

这很明显是一桩杀人嫁祸案。然而在此一案中，又引出好几案来，事情变得神秘诡幻、曲折离奇。先是公差在韩瑞龙家床下并未挖出金银反而发现一无头男子死尸。后赵虎访查过程中，在郑屠后院抓住惯偷叶阡儿，并发现一具女尸。

由叶阡儿交代，在白员外家偷东西的时候发现一个男子人头，并将人头丢于邱老头屋内。这下两具尸体都有着落了，事情也水落石出。女尸是妓女锦娘，郑屠见其珠翠满头而起杀心，将其割首后尸体埋于后院，然后把头卖给了韩瑞龙。

　　男尸是白员外的表弟李克明，被管家白安杀害后，头放在柜内被叶阡儿误以为宝物偷走，尸体便埋在后租于韩瑞龙母子的房间地下。

　　岂知水落石出后又生波澜。当差役押着邱老头找到刘三要将男子人头挖出的时候，刘三又挖出一具男尸。原来此男尸是刘四，刘四与刘三争执时被刘三所杀害。

　　包拯按罪行发落凶徒，恶人得惩，一桩猪首案至此才告一段落。故事情节奇巧曲折，高潮迭起，直让人看得眼花缭乱、目不暇接。

　　小说情节之奇，更多是依靠误会巧合、悬念设置等方法来实现的，清代的很多小说家就善于使用这些手法。

　　《三侠五义》在情节处理上为了增强故事性，主要运用偶然和巧合，使情节显得格外离奇、出人意表，造成一种奇巧的美。

　　"巧"是对事物发展的偶然性的巧妙运用，当然，"无巧不成书"是明清时期小说的普遍特点，往往由一个巧字生发出一篇篇曲曲折折的故事，很多事件都建立在巧字上，通过偶然反映必然。《三侠五义》将这一特点发挥到极致。

　　在小说中，展昭路经通真观，碰巧遇上道士谈月与玉香在密语，林春夫人与婆子的谈话正巧被韩彰听见。展昭被困陷空岛，巧之又巧的是有个深明大义的卢方夫人，叫儿子卢珍前去送信。

　　这一切的巧合固然是作者有意安排，让故事变的生动畅顺，所谓

"无巧不成书"。

在第六十回丁兆兰对北侠说："似你我行侠仗义之人，理当济困扶危，剪恶除奸"。正因为众义士都以"济困扶危，剪恶除奸"为自己的理想追求和行为规范，才会使得这些巧合既出乎意料，又在情理之中，层层相应，环环相扣，丝毫不使人感到突兀生硬。

又如《三侠五义》中劫银一案，就充满着故事情节的巧合。蒋平等三鼠和柳青巧劫了太守孙珍为太师祝寿的万两黄金，神不知，鬼不觉，劫银过程只字未提。

只是到了后文，由于赵虎乔装访案，误拿人犯，包公才将错就错，巧讯脏金，劫银一案才公布堂上，才有孙珍解职，孙荣、庞吉上表请罪。

　　从劫案开始到结束，故事情节始终穿插一个"巧"字。很显然，作者在创作小说的过程中着力于对故事情节的构造，重在颂扬蒋平等人惩恶扬善的侠义心肠。

　　情节之实。《三侠五义》是一部以写非常人物、非常事件为主的小说，这就决定了它的故事情节必然是以惊险性、奇巧性为主，但这并不等于说这部小说是可以完全脱离现实的。

　　一方面《三侠五义》的惊险性、奇巧性情节，除了荒诞不经的部分外，也是来源于现实生活，是对现实生活的一种提炼和概括；另一方面这部小说也还在一定程度上以写实的手法，直接反映了当时的社会生活。因为它要歌颂清官的行为和侠客的除暴安良，那就不可避免地要触及"奸""暴"，所以，《三侠五义》也体现了一些当时社会的负面因素。

《三侠五义》中所写的故事，虽然名为发生在宋仁宗时期，但在实际上，稍有历史知识的读者就会感到，书中所透露出的诸多社会、政治、经济、文化信息，所展现的社会生活风情画面，多半属于清代中后期，因而能使人产生一种现实感。

但是，《三侠五义》的现实性主要表现在人物的精神面貌与社会关系的时代感，以及细节描写的真实感上。

其中，清官与侠士之间，侠义人物内部之间，清官、侠士同他们的对立面乡绅恶霸之间，都不同程度地呈现着一些我国封建社会末期特有的社会氛围和时代的气息。

像白玉堂这样一个既狭隘偏激，又具有侠肝义胆，而且有时心高气傲，有时又阴冷狠毒的性格复杂的人物，归根到底，是清代末期人们复杂多样的精神世界的一种概括与折射，是那个时代的精神产物，明清代社会的人情世态。

小说中的现实性，还表现在塑造了一大批善良普通的老百姓形象。透过这批处于下层社会的贩夫走卒、引车卖浆之流的形象，小说真实生动地描绘了当时清代社会的人情世态。读后，令人产生一种贴近生活的真实感。

如第五回，为惨遭杀害的刘世昌申冤报仇的张别古。第十五回，那个帮助李娘娘与包公相见的具有古道热肠的范宗华。第二十三回中资助范仲禹赴京赶考的刘老者。第三十回，包公从金龙寺脱险后碰到的买豆腐的孟老汉等。

书中的这批普通的凡夫俗子形象，具有白描质朴的艺术特征。由于作者是生活在下层社会的说书艺人，非常熟悉这些市井细民，因此这些百姓的内心情感与音容笑貌，被刻画得惟妙惟肖。

小说通过这批善良的小人物，摹写出了当时社会的人情冷暖，给我们留下了难忘的形象。这是作者现实主义手法的成果。

《三侠五义》在情节上的艺术成就是多方面的，远非上面所论几点。《三侠五义》追求情节的惊险，却并不使读者感到繁杂冗长。追求情节的曲折奇巧，却不使读者感到荒诞不稽，可以说其情节艺术巧妙地运用了艺术辩证法，是我国古典小说情节艺术中的典范。

拓展阅读

　　清代著名学者俞樾对《三侠五义》赞扬有加，认为：事迹新奇，笔意酣恣，描写既细入毫芒，点染又曲中筋节。正如柳麻子说"武松打店"，初到店内无人，蓦地一吼，店中空缸空甏皆瓮瓮有声。闲中着色，精神百倍。如此笔墨，方许作平话小说，如此平话小说，方算得天地间另是一种笔墨。

　　鲁迅先生对此书的评价也不低：值世间方饱于妖异之说，脂粉之谈，而此逐以粗豪脱略见长，于说部中露头角也；绘声状物，甚有评话习气。